Jaume Miquel Peidró

Los espíritus blancos

Ilustraciones: Núria Giralt

edebé

Título original: *Els esperits blancs*

Paseo de San Juan Bosco, 62
08017 Barcelona
www.edebe.com

Directora de la colección: Reina Duarte
Diseño de cubiertas: César Farrés
Ilustraciones: Núria Giralt
Traducción: Pau Joan Hernàndez

ISBN 84-236-7419-3
Depósito Legal: B. 23577-2005
Impreso en España
Printed in Spain
EGS - Rosario, 2 - Barcelona

Índice

1
Primer día

—¡Óscar, pásame los auriculares! —Ahora me toca a mí, que tú ya los has usado un buen rato.

—Sí, pero Andrés me los ha dejado a mí.

—¿Y qué? ¿O es que quieres que se los pida yo?

—No, ¡quiero que me los des!

—Venga, va, que ya te los daré cuando se acabe el *compact*.

—Tienes un morro que te lo pisas, tío.

Óscar no contestó. Ya no podía. Se había puesto los auriculares y su cabeza se había vuelto a convertir en un batiburrillo de música que le obligaba a llevar el ritmo con las manos como si fuese el batería del grupo.

El autocar rodaba por la autopista. Hacía un día magnífico, lleno de luz, con una claridad poco habitual para estar a finales de febrero. Eso sí, el aire aún era frío, y a poco que te quedases un rato al descubierto, tenías que embutirte en el anorak y atarte bien la bufanda al cuello, si no querías quedarte helado.

Por dentro, el autocar era un auténtico guirigay. Todos los alumnos estaban llenos de un nerviosismo casi casi delirante, que les impedía estarse quietos. Todo el mundo hablaba, gritaba, se pasaba objetos, levantaba y bajaba los brazos de los asientos con aquel característico clac-clac-clac que pone de los nervios a los conductores. Resultaba inevitable levantarse porque se tenía que coger del portaequipajes alguna cosa imprescindible, y al sacar el anorak se caía el de al lado y entonces se escuchaban conversaciones encantadoras, llenas de delicadeza y de un profundo compañerismo, como por ejemplo:

9

—¡Eh, idiota, que me has vuelto a tirar la cazadora!

—¡Pues no haberla puesto encima de la mía!

—La pongo donde me da la gana porque además éste es mi sitio, ¿o es que no lo ves?

—¿Tu sitio? Y a mí qué, también es el mío, idiota.

—¡Pues ahora la vuelves a dejar donde antes!

—Espérate sentada...

—No tienes arreglo, estás como un cencerro.

El tema se acababa, la mayoría de las veces, con un intercambio de signos de comunicación manual de difícil comprensión para los no iniciados, especialmente el consistente en enseñar la mano con el puño cerrado y con el dedo más largo levantado. El significado venía a ser una especie de resumen visual del pensamiento, y parece que podía traducirse por algo parecido a: «Vete a la mierda». En cualquier caso, el código de este lenguaje estaba en poder de todos, y así la comprensión era perfecta.

Mari Eli, la profesora de Educación Física, no paraba de girarse para que nadie se levantase de su asiento:

—Quique, ¿no te acuerdas de cómo hemos quedado? No empecemos, ¿eh?

Y Quique decía que sí, que sólo había sido un momento, que no había para tanto.

—Mari Eli —gritó Rosario—, dile al conductor que ponga mi CD.

—Ya os he dicho que hasta que no hagamos la primera parada, nada de nada.

—Pues que no se pierda, que lo he dejado allí delante y siempre me pasa lo mismo.

—Sí, hija, sí, ¡encima con exigencias!

—¿Falta mucho para parar? Me estoy meando —gritó desde el fondo Alexis.

—¡Ya os he avisado que fueseis al baño antes de subir al autocar! —contestó Mari Eli, algo agresiva—. ¡Ahora te aguantas!

—¿Qué película lleva? —preguntó Amalia.

—¡Y yo qué sé! Ahora me sale ésta con la película. ¡Ya lo veremos más adelante!

—No, si seguro que es un rollo.

—Será la que sea y punto, no quiero oír a nadie más, ya lo habíamos hablado.

Un buen ambiente, lo que se dice un buen ambiente.

El autocar se paró para hacer el primer descanso. Fue en un área de servicio de la autopista. Ahora venía el primer acto del ritual de los viajes de este tipo: las recomendaciones.

Macu, la otra profesora de E.F., empuñó el micro para soltar el primero de una presumiblemente larga serie de discursos que harían el viaje más agradable.

—Escuchadme atentamente, por favor...

Siempre decía aquello de «por favor», era una especie de súplica disfrazada de buena educación. (Todos sabían que lo que quería decir exactamente era: «Escuchadme bien, pandilla de gamberros, o si no os cruzo la cara»; pero en vez de mostrar la realidad de una manera tan fría y auténtica, lo hacía con la versión *light,* que siempre queda mejor y produce como una especie de respeto amistoso.)

—Ahora vamos a bajar para almorzar. Coged las bolsas de los bocadillos que llevéis y vais bajando sin carreras ni empujones. Estaremos en esta área de servicio…

De golpe, cambiaba el tono del discurso:

—Mucho cuidado con lo que hacéis, ya me entendéis. Y no quiero ni un papel por el suelo. Dentro de media hora exacta os quiero a todos aquí. ¡Media hora! Los del piso de arriba bajarán por la puerta de atrás, y cuidadito con las escaleras. Los del piso de abajo saldrán por la puerta de delante. ¿Ha quedado claro?

Estaba clarísimo, o sea que cuando todavía no se habían abierto del todo las puertas, la mitad del pasaje ya se había abalanzado para salir, como si se tratase del hundimiento del *Titanic* y fuesen en tercera clase. La escalerilla que comunicaba el piso superior con el de abajo resultó una trampa casi mortal, donde se vivieron los momentos de máxima tensión y las peores escenas. Como habría dicho la abuela de Fernando: *«¡P'haberse matao!»*

Pero, finalmente, se produjo el desalojo de la nave. Entonces, los bocadillos de tortilla llenaron con su aroma casero el aire limpio de la mañana. Y, enseguida, se formó una larga cola para sacar un refresco de la máquina de bebidas, y la tienda de *souvenirs* se llenó por completo.

—¡Es pronto para comprar! —gritaba Macu enojada.

La subida se produjo en un ambiente un poco más sosegado que la bajada.

—¡Todo el mundo en el mismo sitio de antes!

Recuento. Momento serio.

—¡Sentaos todos, que os vamos a contar! ¿Queréis hacer el favor de sentaos ya?

Por fin, los asientos quedaron ocupados por los usuarios y se pudo ver si la expedición estaba al completo.

—Veintiséis, veintisiete, veintiocho... Pablo, siéntate, que ya me has hecho perder la cuenta. ¿No me has oído?

—¡Es que Sofía me ha quitado los chicles!

—¿Y a mí qué me explicas? Si vuelves a levantarte, te vienes aquí conmigo. ¿Me has oído?

Se reinició la operación. Afortunadamente, dio la cifra correcta: treinta y ocho.

Pero había que volver a contar. Nunca se quedaban tranquilas con una sola vez.

De nuevo treinta y ocho.

—Estamos todos. Salva, nos podemos ir.

—¡Vale!

El viaje entraba ahora en una fase más relajada. Los nervios y las emociones del principio habían amainado, la novedad se había quedado atrás, las caras sonrientes y algo preocupadas de las madres y padres con las manos diciendo adiós se habían borrado. ¿Quién se acordaba ya de las maletas que tan nerviosos habíamos cargado en el maletero del vehículo?

Quedaban horas de camino.

Salva, que como habréis imaginado era el conductor, puso una película. No hizo falta que alguien la volviese a pedir, era el momento, lo sabía, lo sabía de la misma manera que sabía cuándo se tenía que cambiar de marcha. Era un conocimiento adquirido a lo largo de cientos de viajes, un conocimiento adquirido sin querer, por la simple observación de un hecho reiterado.

Después de almorzar, con el calorcillo del interior y el ruido monótono que se produce al circular por la autopista, llegaba el primer momento de relajación. La película fue como un bálsamo. No todos la miraban, pues siempre hay enamorados del paisaje que, cambiante y veloz, iba pasando ante los ojos como si tuviese prisa por quedar lejos y atrás.

También estaban los conectados a la *playstation* y los adictos a la música *tecno,* con los auriculares eternamente metidos en las orejas como para realizar una limpieza a fondo de los oídos de lo más eficaz.

La comunicación humana, tan difícil de conseguir a veces, entraba ahora en una fase abundante y llena de fluidez gracias a un invento llamado «móvil». El móvil hacía que las distancias dejasen de existir y que el aire se llenase de ondas que entrelazaban a las personas con el sonido armonioso de la voz. Había que llamar a la madre, al padre, al hermano, a los amigos y amigas que se habían quedado en el pueblo... (Con la carga de mala idea que eso suponía: «¿Qué, en la hora del patio, no? ¡Qué bien! Nosotros aquí, en el autocar, un poco aburridos, sí, mira, pero ya ves... ¿Y qué tal por el colegio?»)

Los de los asientos delanteros tenían que llamar a los de los traseros y enviarse mensajes, porque... hacía diez minutos que no se veían, y no era cuestión de dejar perder las amistades así como así.

Mensajes, comunicados, discusiones, cotilleos... Con un móvil en las manos la soledad ya no existe, queda perdida y olvidada para siempre.

La despensa estaba repleta de: chicles, bolsas de gominolas de ésas de mil sabores artificiales llenos de química adictiva, caramelos, galletitas de chocolate...

—¡Pasaré de vez en cuando para ver cómo tenéis el suelo de papeles! —gritaban cada quince o dieciséis minutos, ahora Macu, ahora Mari Eli.

—¡Mari Eli, dile que suba el volumen, que desde aquí arriba no se oye!

—¡Si os calláis, podréis oír la película!

Era una película de acción, un producto americano de consumo. Tiros y tortazos a porrillo. A los diez minutos de empezar ya se adivinaba que acabaría con una persecución destructiva del mobiliario urbano y con el chico y la chica dándose un beso mientras los letreros llenan la pantalla. ¿Título? ¿Tienen título esas películas? ¿Sí? Pues... una lástima, ya que es trabajo perdido.

Sin casi darnos cuenta, entramos en Valencia, y Mari Eli se dispuso a hablar por el micro.

—Escuchad un momento, por favor. Estamos pasando por Valencia y convendría que os fijaseis en los cultivos que estamos viendo. La autopista es un lugar privilegiado para observar la geografía, como ya os comentó Jaime antes del viaje —el tal Jaime era el profe de Sociales de la ESO, ¡un pesado!—. Estamos en la zona más llana del País Valenciano, y una de las más intensamente usadas para los cítricos, que, como veis, llenan todos los campos. Además, enseguida veremos el castillo de Sagunto, que, como sabéis los de segundo de ESO —los de segundo de ESO abrieron unos ojos de interrogación que venían a decir que... no lo sabían, pero que estaba muy bien—, fue un lugar clave en la lucha entre los romanos y los cartagineses, y donde el propio Aníbal tuvo que luchar en el asedio.

(¿Aníbal? ¿Ése no cantaba en un grupo?)

El pasaje no manifestó ningún tipo de emoción, por lo menos visible y externa, ni ante la realidad geográfica ni ante la histórica, todo hay que decirlo. (Seguramente era debido al exceso de carga emotiva que los abrumaba y que no dejaba que los sentimientos se manifestasen libremente. ¡Ostras!)

Las posteriores intervenciones de Macu y de Mari Eli referidas a la sierra de Irta, a Peñíscola o al hecho de entrar en Cataluña tuvieron la misma acogida.

El Ebro..., sí, el Ebro produjo cierto efecto. Hay que tener en cuenta que venimos de unas tierras de secano en las que, aparte del mar, la cantidad mayor de agua que se puede ver a diario es... la piscina del polideportivo y algunas albercas. El Ebro era mucha agua junta, dulce, se entiende, y claro, todo el mundo interrumpió sus quehaceres para echar una miradita (unos instantes, cuestión de siete u ocho segundos, diez para los más curiosos, que no era cuestión de perder el hilo de la película, que ya estaba a punto de acabar; o lo que es peor, perder una vida en la máquina de marcianitos; no, no, las cosas se hacen en serio, o no se hacen).

La tropa volvió a animarse. Se desperezaba ruidosamente o bostezaba descaradamente.

—¿Falta mucho para que paremos a comer?

—No, no mucho, ya os avisaremos.

Los del piso de abajo tenían dos mesillas y podían permitirse el lujo de jugar a las cartas, y hasta al ajedrez o a las damas. Mal, pero jugaban. Los de arriba se alborotaban un poco más a cada kilómetro que pasaba. Salva, de nuevo Salva, llamó a consulta a

Mari Eli para comentarle la conveniencia de parar a comer en la siguiente área de servicio.

—Pararemos tres cuartos de hora porque el tacómetro tiene que registrar la pausa, así podremos comer tranquilamente.

Consulta con Macu. Correcto.

Micro:

—Escuchad un momento, por favor. Dentro de un cuarto de hora pararemos a comer. O sea que no os pongáis nerviosos ni vayáis preguntándolo a cada momento.

—Mari Eli, se ha acabado la película, ¿puedes poner mi CD? —gritó Rosario.

—No vale la pena, Rosario, vamos a parar a comer.

—¡Eh, que estoy esperando desde esta mañana!

—Mira, te lo pondré, no sea que te dé algo.

Mari Eli le preguntó al conductor cómo podía poner el CD. Éste, sin apartar la vista de la carretera, lo cogió, lo metió en el *compact disc* y apretó el botón de avance.

—Gracias —dijo.

—De nada, de nada.

Una música melódica se extendió por el autocar.

«A tu lado me siento seguro, a tu lado no dudo…»

—Tío, no sé cómo les puede gustar a las tías esa mierda.

—¡Tú sí que eres una mierda!

Pero antes de comer hubo dos momentos de cierta atención por dos hechos que la atrajeron de manera bastante generalizada.

Micro de Macu:

—Atención, atención: estamos pasando por delante de la central nuclear de Vandellós.

Hombre, una central nuclear…, pues tiene una especie de leyenda negra y maléfica a su alrededor, suficiente como para llamar un poco la atención. Así, tanto los de primero de ESO como los de segundo miraron con detenimiento aquella especie de construcción que, de haber estado hecha con piedras de las que se usan en las iglesias, hasta podría haber pasado por una catedral, pero no, aquello era de puro hormigón, nada de historias.

—¿Qué pasaría si explotase ahora mismo? —preguntó Nazaret.

—Mujer, ¿precisamente ahora?

Pero nuestro vehículo no perdonaba, y la central no tardó en quedar atrás. El siguiente punto de atracción tuvo una audiencia de mayor intensidad, ni punto de comparación con todas las anteriores. Fue cuando Mari Eli dijo por el micro:

—¡Port Aventura! ¡Se ve el Dragon Khan!

Por primera vez en todo el camino, los pasajeros del lado izquierdo se levantaron para observar lo que podía verse por las ventanas de la derecha y para apresurarse a explicar su experiencia de cuando se tiraron por el Dragón (porque hay que decir, y dejar bien claro, que no haber ido todavía a Port Aventura habría sido una muestra de desprecio a la cultura y una falta de delicadeza de lo más alarmante).

Port Aventura era el fenómeno cultural de más impacto de cuantos habíamos visto hasta entonces. Port Aventura, como todo el mundo sabe, une y mezcla culturas de una forma inconcebible antes de su existencia: el mundo chino, el azteca, el polinesio y el mediterráneo conviven en armonía unidos por canales y lagos. Los pueblos de la Tierra se hermanan en una especie de confraternidad que los hace uno, mostrando así al mundo el camino que debería seguir. Ante un hecho como ése..., ¿qué podían ofrecer Peñíscola o Sagunto? ¿A quién le podían interesar unos huertos de naranjos?

El pasaje, de forma unánime, se lanzó al intercambio más activo que se pueda imaginar de las sensaciones vividas en cada uno de los momentos únicos, irrepetibles, de su estancia en aquel lugar fascinante.

Y..., efectivamente, paramos para comer. La bajada fue ahora más tranquila, más normal. Las recomendaciones, las mismas.

Lo que son las cosas, el viaje era ya algo que habíamos aprendido y a lo que nos habíamos acostumbrado. De momento, la capacidad de sorpresa se había perdido y nos movíamos con seguridad por las instalaciones del área de servicio.

Otros grupos bajaron también de sus autocares para comer. Aquello no nos gustó demasiado. Enseguida hubo preguntas como:

—¿De dónde serán ésos? ¿Adónde irán?

Miradas de reojo, reservadas, hostiles. Era otra tribu, había que ir con cuidado. Pero alguien rompía el hielo y se informaba.

—Son de San Juan y también van a la Masella.

—¡Pues con la de estaciones de esquí que hay...!

Mari Eli y Macu no bajaban la guardia en ningún momento.

—Ojo con lo que compráis, mirad bien los precios.

—No os perdáis ni lleguéis tarde.

De nuevo el autocar y los ritos obligados.

—¡Venga, todo el mundo a sentarse!

—¡No, no, cada uno donde le corresponde!

—¡Que no, y no me lo hagas repetir!

—Dieciocho, diecinueve...

—Están todos, Macu.

—Un momento... Sí, están todos.

—Salva, estamos todos.

—¿Ahora pondrán otra película? —dijo Borja.

—De aquí a un rato, tranquilo.

—No, si sólo era por saberlo.

—Mirad, mirad —dijo Eloy—, la fábrica de Roca.

Efectivamente, la fábrica de Roca, cuyos productos casi todos visitábamos a diario, pasaba, enorme, ante nuestros ojos. (Como era de esperar, se produjeron comentarios diversos sobre su función. El señor Roca, hay que decirlo, siempre ha tenido muy buena prensa.)

—¡Sant Sadurní! Allí hacen... hacen...

—El cava, tío, que no te enteras.

—Ah, sí, el cava ese de los anuncios largos de Navidad.

Pronto dejamos la autopista para encaminarnos a los Pirineos.

Micrófono:

—Mirad, hemos salido de la autopista para tomar la carretera que nos conducirá hacia la nieve. Pronto pasaremos cerca del monasterio de Montserrat, lo podréis ver a la izquierda. Como sabéis, este monasterio es muy antiguo y tiene una escolanía de cantores que es de las mejores de Europa. Si queréis saber algo más, podéis preguntarlo ahora.

Afortunadamente, esta vez sí, esta vez parecía que había algunos y algunas que tenían ganas de saber, vacíos que llenar.

—¡Macu!

—Dime, Irene, dime —contestó, esperando una pregunta que dejase al descubierto las inquietudes culturales.

—¿Cómo queda el tema de las habitaciones? Porque te dimos la lista hace una semana y todavía no nos has dicho nada.

Los ánimos de Macu recibieron un buen golpe.

—Si es que no sé cómo me hago ilusiones, ya me extrañaba a mí... —comentó.

El tema de las habitaciones se había mantenido calmado hasta entonces de forma sorprendente, pues hacía un mes que se había comentado por primera vez. El reparto, y más concretamente el saber quién iba a ir en cada una de las habitaciones, era sencillamente vital en un viaje como aquél. Mencionarlo abrió la caja de Pandora.

—Eso, eso, porque en la nuestra ya estamos todas y ahora dice Paula que ella quiere cambiarse y...

—¿Y ya sabéis si son de seis o de cuatro?

—¿Podrán poner una litera en la nuestra? ¡Es que somos cinco!

—¿Tienen balcón?

Mari Eli pensó que más pronto o más tarde tenía que pasar, o sea que...

—Mirad —en un tono maternal-comprensivo-amistoso—, hasta que no lleguemos, no podremos saber nada definitivo. Es verdad que nos enviaron una lista con la capacidad de cada habitación, pero también dijeron que era provisional, que podía haber modificaciones. Pensad que en esos sitios las cosas son así, y que pueden cambiar de un día para otro. Cuando lleguemos, nos lo dirán y ya decidiremos, o sea que no os pongáis nerviosos, que lo arreglaremos en cuanto podamos.

—¿Estaremos todos en la misma planta?

—Yo creo que sí, pero... nunca se sabe. Ahora, os pido por favor que no me preguntéis más sobre este tema, que me parece que está bastante claro.

Fueron palabras pronunciadas manteniendo el tono que se ha indicado, con una decidida voluntad conciliadora (muy profesionales, ellas).

La tropa quedó medio convencida, no algo definitivo, eso no, pero... como entendieron que no podrían averiguar nada nuevo..., pues parece que llegaron a la conclusión de que lo más conveniente sería declarar una tregua unilateral y quedar a la espera.

—¿Falta mucho?

Otro tema que...

Macu tuvo que volver a empuñar el micro para decir:

—Vamos a ver, hasta ahora todo ha ido la mar de bien, o sea que sólo nos queda aguantar un poquito más. Estamos llegando, en cuestión de hora y media estaremos allí, así que tranquilos y no continuéis preguntando lo mismo cada dos minutos.

Todo indicaba que las aguas empezaban a agitarse, el cansancio era evidente y cada vez costaba más encontrar algo para distraerse; incluso las *playstation* habían perdido parte de su interés. De nuevo, los móviles llenaron el espacio con sus ondas; había que dar a conocer al resto del mundo nuestra situación desesperada atrapados dentro de aquella especie de caja con ruedas.

—¿Los de ahí atrás queréis sentaros?

—Alicia, con ésta ya van tres veces que te lo he de repetir: ¡siéntate bien!

—Si sólo estoy girada para hablar con Andrea.

—A mí eso me da igual, siéntate.

Pronto, sin embargo, el paisaje iba a echar una mano, pues no tardamos en entrar en la montaña. Los valles estrechos y los ríos nos rodearon como si estuviésemos pasando por dentro de una crep gigante. A veces, el valle se estrechaba tanto que podías ver la altura por la que pasábamos. Entonces te cogía una especie de sensación de vértigo que ya no te abandonaba. Abundaban los túneles, y cada vez que entrábamos en uno todo el mundo tocaba el techo del autocar con los dedos y pedía un deseo (este hecho, como bien sabéis, es resultado de serios estudios científicos llevados a cabo por investigadores del mundo entero).

La aparición de una central térmica, con su característica chimenea en forma de huso invertido, provocó un montón de preguntas rápidamente contestadas por Macu, que enseguida se puso la mar de contenta al ver que, por fin, podía incluir alguna información académica (en realidad, los profesores son como niños..., o peor).

La lluvia ácida salió a la luz con toda su crudeza y llenó los asientos de una sana (aunque inofensiva) indignación.

Por fin, el túnel del Cadí. El último. A la salida, estaríamos en la Masella.

Alegría desbordante.

La subida hacia la estación de esquí y el hotel convirtió el autocar en lo más parecido posible a una olla de grillos. La anarquía (que nunca he sabido muy bien lo que quiere decir, pero que es una expresión que siempre se utiliza en las situaciones que más me gustan) saltó por encima de las más férreas normativas, y todo el mundo se levantó de los asientos para mirar por el lado del barranco y adivinar cuánto faltaba para llegar: golpes, gritos, muchos gritos, nervios, bostezos ruidosos. La adrenalina hervía, y hasta los más aburridos (que siempre siempre los hay) daban saltitos.

—¡Mirad! ¡La nieve!

¡Qué había dicho! Aplauso generalizado.

Mari Eli y Macu hacían lo que podían, o sea nada, porque la situación estaba desbocada (normal, ¿no?, vamos, es que lo contrario habría sido como lo de los osos, que en invierno duermen).

Y..., sí, llegamos, por fin llegamos. Salva detuvo el vehículo en la misma puerta del hotel.

Micro urgente de Macu:

—Un momento, ¡¡¡un momento!!!

(¿Os acordáis del tono del último discursito? Un tono maternal, amable, acogedor... Pues el de ahora fue igualito al que emplean en *Forrest Gump* cuando el protagonista está en el ejército, es decir, agresivo, fuerte, intimidatorio, ésa es la palabra: intimidatorio.)

—Escuchad todos y todas —siguió gritando, casi desgañitada—. Ahora bajaremos en orden y sin empujones. Mirad que no me gustaría tener que dejar a nadie sin esquiar mañana, o sea que más os vale. Bajaremos, digo, e iremos descargando el equipaje maleta por maleta. Salva os las irá dando. ¡Mucho cuidado! Mari Eli irá a por las llaves y veremos cómo quedan las habitaciones. Por favor, comportaos, no vaya a ser que...

(Mi tío me explicó una vez su llegada a la mili y fue algo muy parecido. ¡Qué miedo!)

Y, mira, para algo sirvió, porque... bajamos del autocar ordenadamente. Quiero decir, dentro de lo que se puede esperar en una situación como en la que nos encontrábamos.

En cuestión de seis o siete minutos, las escaleras de acceso al hotel se llenaron de bolsas de viaje, maletas de ésas con ruedas, maletas de las de toda la vida, maletines y otros elementos de viaje. Visto todo en conjunto, imponía respeto.

Mari Eli salió con las llaves y, como era de esperar, la rodeamos.

—¡A ver! —gritó—. ¡Escuchadme! Las llaves de este hotel son tarjetas, ¿las veis? Se meten en la cerradura y la puerta se abre. Ojito con perderlas o dejárselas dentro, porque entonces tendríamos problemas; ya hablaremos de eso con más detenimiento. Ahora, vamos a repartirlas.

Dos intentos de hablar fueron rápidamente atajados por una mirada feroz y disuasoria.

—Hemos tenido suerte y estamos todos y todas en la segunda planta, o sea que mucho mejor. Ahora iré diciendo los nombres y os daré la llave a cada grupo. Cuando la tengáis, subid y comprobad que la llave funciona. Dejad las maletas y bajad enseguida, porque nos han de reunir en la sala de actos para explicarnos todos los detalles de la estancia. ¿Ha quedado claro?

—¿Hay ascensor?

—Sí, pero ahora para subir montaríamos un embotellamiento, o sea que hacedlo a pie, que no os hará ningún daño.

—Es que mi maleta pesa, y yo…

—¿No me has oído? —con mirada agresiva.

—Borja, Félix, Óscar y Rodrigo, la 201. ¿Quién se hace cargo de la llave?

—¡Yo! —contestó Borja.

—¡Pues venga!

—Jaime, Adán, Dimas y Alejandro, la 203. Nerea, Irene, Andrea y Olga, la 205.

Poco a poco, la gente fue desapareciendo hasta que, al cabo de diez minutos, sólo quedaba un grupito minúsculo. Pero…

—Bueno, ahora tenemos un problema. Resulta que sois dos grupos de cinco y nos han dado una habitación de cuatro y una de seis, o sea que la cosa está clara: una, una cualquiera, se tiene que pasar a la otra lista, y así queda todo arreglado. ¿Lo habéis entendido?

Entenderlo, lo que se dice entenderlo, sí, lo habían entendido de sobra, pues enseguida se cruzaron de brazos, ceñudas y mirando al suelo, como quien dice: «Bueno, y ahora, ¿qué? Porque yo no me cambio, eso que quede muy claro».

Mari Eli cubrió el trámite de hacer la pregunta obligada:

—¿Alguna quiere pasarse a la otra habitación de forma voluntaria?

Efectivamente, el trámite se había cumplido. Ninguna levantó la cabeza.

—Bueno, entonces..., si no proponéis alguna solución..., pues yo creo que lo mejor será hacer un sorteo.

Silencio, miradas amenazadoras, gestos hostiles, distantes, ásperos.

—Mirad —dijo Macu—, esto entraba en las posibilidades, no es nada del otro mundo. No estamos hablando de enviaros a otro hotel, ¡es la habitación de al lado!

Sí, eso era verdad, era justo la de al lado, pero... se trataba de dos grupos establecidos, dos grupos cerrados, de personalidades selectas: Jénifer, Nazaret, Paulina, Nuria y Sabina por un lado, y Natalia Rovira, Lali, Paula, Miriam y Natalia Piquer por el otro. El primer grupo era del «A», el segundo del «B».

Mari Eli y Macu extremaban la prudencia. Peligro, tema delicado.

—No nos podemos quedar aquí eternamente, o sea que... lo sorteamos y la que salga se cambia y punto. ¿Estáis de acuerdo? —tono comprensivo y maternal.

Hablaron los hombros. (Los hombros, cuando hablan, vienen a decir que..., bueno, que hagan lo que quieran, que de todas formas, salga quien salga..., no va a gustar y que no les pidan la opinión.)

—Así, todo claro. Vamos allá.

Mari Eli y Macu metieron los nombres de las chicas en un gorro.

(Un sorteo con poca originalidad, pero efectivo y eficiente.)

Macu metió la mano y sacó el nombre de Miriam, y en ese momento se desató una tormenta de lloros y llantos (y alguna que otra palabra de rabia de gusto dudoso). Lamentablemente, sus amigas no podían hacer nada. Había sido un sorteo limpio, todas eran testigos. Miriam tenía que irse con las del grupo «A», no había más remedio.

Y no era eso, o sea, el no estar con sus amigas, lo más grave, sino que lo peor era que se tenía que ir con las otras. Mala cosa.

Enojadas y ofendidas, muchísimo, cogieron las maletas y fueron entrando en el hotel. Las amigas de Miriam la acompañaban entre sollozo y sollozo.

Mari Eli y Macu intentaron quitar hierro al asunto, pero... quizá todavía no era el momento; más adelante ya se vería.

La toma de posesión de las habitaciones fue un acto de conquista colonial. Se abría la puerta con la tarjeta, se entraba arrastrando el equipaje y se lanzaba sobre la cama (sistema muy parecido al que usaban en el Oeste americano para adueñarse de tierras, es decir, el primero que llegaba se convertía en el dueño). A continuación, se curioseaba por todas partes: se asomaban al balcón, miraban por la ventana, entraban en el baño, probaban los grifos, abrían los armarios, toqueteaban los botones del televisor...

Cuando las ceremonias rituales se cumplieron por parte de todos y cada uno de los inquilinos, era necesario comunicar al resto de los compañeros y compañeras las excelencias del reino. Entonces, el pasillo se convirtió en un lugar por el que la gente corría de una habitación a la otra, presa de una exci-

tación fuera de lo normal. Mari Eli y Macu corrían también, tratando de lograr que el alboroto no fuera a más.

—Venga, todo el mundo a su habitación. Ordenaos bien la ropa.

—Tenéis media hora. A las siete y media tenemos la reunión con el animador.

—¿El qué...?

—El animador es la persona que nos ha de explicar cómo funciona todo esto, ¿entiendes?

—Por favor, dejad de entrar y salir de las habitaciones, ya las veréis a lo largo de la semana.

—Macu, ¿podemos ducharnos?

—¡No! Ahora no hay tiempo, dejadlo para la noche o ya mañana.

—Marisa, ¿dónde vas? —gritó Mari Eli.

—Es que Nuria tiene mi móvil.

—Ya te lo dará a la hora de la cena. Vete a tu habitación, ¿quieres?

(Sí, sí, el tono de estas palabras era completamente desgañitado, mucho más que agresivo, mucho más.)

Portazos, gritos, cabezas que se asomaban para observar, carreras por las habitaciones, móviles intentando una comunicación interna precisa, grifos de los lavabos abiertos, discusiones, gente asomada a las ventanas, golpes en las puertas...

Ya estábamos listos, aquéllos... éramos nosotros.

Cinco minutos antes de la media, fuimos saliendo al recibidor del pasillo. Mari Eli y Macu llamaban a las habitaciones cuyos ocupantes aún no habían salido.

—Vamos, vamos, que tenemos que ser puntuales.

Finalmente, después de un recuento de ocasión, bajamos todos a la llamada sala de conferencias.

Nos sentamos. Era una sala con capacidad para unas setenta personas. Las paredes estaban llenas de fotografías tamaño póster de la estación y del hotel, y nos acercamos a mirarlas. Un poco más tarde apareció un chico, de unos veintitrés años, de aspecto atlético y sonrisa fácil y contagiosa.

—¡Buenas noches y bienvenidos!

—Buenas noches —contestamos a coro.

—Yo soy Javi, y voy a poneros al corriente de todo lo que os interesa para que os podáis divertir y aprovechar bien los días que pasaréis aquí.

«Bueno», pensamos, «no ha sido un mal comienzo».

—Hay unos horarios muy rígidos que os pido que cumpláis con exactitud por el bien de todos, ¿comprendéis? —continuó.

Comprendíamos. Era un viejo discurso, el mismo que empleaban nuestros profesores.

—Pues mirad, la hora de vuestras clases de esquí será a las nueve y media de la mañana. Unos minutos antes tendréis que estar en la zona de reunión para que os asignemos monitor. Ahora daremos a vuestras profesoras las llaves de una jaula en la que podréis dejar las botas y los esquís, porque tan pronto como acabemos esta reunión iremos a que os los den. Cenaréis a las nueve y comeréis a las dos en punto. Por las tardes, desde las seis y media, hay muchas actividades en las que podréis participar, como actuaciones, películas y pequeños concursos. Por la noche, se abre la discoteca a las diez y media y se cierra a la una. Tengo que pediros que tengáis mucho cuidado con la llave, es decir, con la tarjeta de la habitación, porque si se pierde resulta difícil de reponer. Ah, y... mucho cuidado con el *forfait* que os daremos, porque sin él no se puede acceder a las pistas. Tenéis que llevarlo en un lugar seguro y del que se pueda sacar sin mucha dificultad. No hace falta que os diga que hay que hacer siempre caso de las indicaciones de los monitores o del personal de la estación. Pensad que es la mejor manera de evitar accidentes. Queremos que os lo paséis bien y, sólo colaborando un poco, veréis que resulta fácil. A ver, ahora id preguntando lo que no os haya quedado claro.

Hubo unos segundos en los que nadie preguntó nada, una especie de silencio forzado, cosa de eso, de unos segundos, porque enseguida Nerea levantó la mano para decir:

—¿Es obligatorio comérselo todo?

Todos y todas se rieron. Javi explicó que no, que aquel hotel tenía un bufé libre donde cada cual se ponía la comida que quería, y así había más posibilidades de elegir.

Nerea respiró tranquila. El resto también. Vaya, aquello estaba bien, ¡podíamos ponernos lo que quisiésemos! (¿A qué mente maravillosa se le habría ocurrido aquella idea?)

Aún hubo más preguntas, cosas sin demasiada importancia (como la de Adán, que quería saber si además de desayunar también se almorzaba). Lo que queríamos todos y todas era que nos diesen los esquís y las botas porque, por fin, aquello era el principio, el auténtico principio.

—Pues muy bien, si no hay nada más... Yo creo que podemos ir ya hacia el alquiler de material.

El grupo, de forma unánime (a veces da gusto la facilidad para unir opiniones), se levantó y siguió a Javi.

En la calle hacía frío, pero nos daba igual, dentro de los anoraks no lo notábamos. Todo el mundo llevaba gorros de lana y guantes. Además..., ¿no estábamos en la nieve?

Al llegar, tuvimos que hacer cola, no hubo más remedio, teníamos que pasar uno a uno. (Odio las colas, siempre las he odiado, las odio desde que hice la primera, que ya no recuerdo cuándo fue. En las colas se pierde el tiempo y, si además no avanzan con cierta rapidez, me ponen muy nerviosa. Entonces me enfado tanto que hasta podría llegar a morder.)

La cola de los esquís, por suerte, fue de las rápidas. Teníamos que pasar por una especie de pasarela. Primero nos daban unas botas, que eran de nuestro número, porque una semana antes Mari Eli y Macu nos habían preguntado a cada uno qué pie calzábamos y habían enviado todas las respuestas por fax (no, si organizadas, lo eran un rato). A continuación pasabas un poco más allá y te entregaban los esquís, parece que teniendo en cuenta la altura; y para acabar de equiparnos, cogíamos unos palos también a medida. Muy eficiente, todo hay que decirlo; se notaba que aquellas chicas habrían dado algo así como siete millones de esquís y otros tantos de botas. ¡Seguro!

La salida del almacén ya fue más complicada, porque botas, esquís y palos juntos formaban un barullo difícil de transportar cuando no se tiene práctica, y muchos de nosotros no la teníamos, las cosas como son.

Dando tumbos, fuimos a la jaula para dejar todo el material. Resultó que estaba situada en un sótano de hormigón, grande, alargado y... húmedo, muy húmedo. Incluso había un charco, sí señor, un charco que cubría casi la mitad de una de las jaulas, la número dos, que por una casualidad inexplicable era la nuestra, ¡cosas que pasan! (Parece que éste es el momento de recordar la existencia de la ley de Murphy que, como todo el mundo sabe, dice que si una cosa puede salir mal..., seguramente saldrá mal.)

¿Qué íbamos a hacer? Pues nada, absolutamente nada. Dejamos los esquís apoyados en las paredes húmedas y las botas sobre el agua (que tampoco las cubría, no exageremos).

—¡Un momento! —gritó Macu—. Que todo el mundo se acuerde de su número de los esquís para recogerlos mañana sin liarse demasiado.

Todos dijeron que sí, que se acordarían. Ningún problema.

Una vez todo estuvo arreglado y la jaula cerrada con un candado, nos fuimos al hotel. Era la hora de la cena.

Al llegar, cosa de ciento cincuenta o doscientos metros, entramos en el recibidor, un espacio amplio que servía de recepción. ¡Sorpresa! Estaba lleno de ingleses. Era un grupo mayor que el nuestro y esperaba para entrar al comedor.

Todos eran rubios y rubias y tenían la piel blanca. No podían disimular que eran extranjeros (seguramente nosotros tampoco lo podíamos disimular a sus ojos).

Nos miramos. ¿Indiferencia? ¿Hostilidad? ¿Molestia? No, nadie dijo nada. Parece que se trataba de una tribu incompatible que se tenía que estudiar con detenimiento. El idioma, ésa sería la prueba que superar.

—Hala, hala —dijo Macu—, ¡así podréis practicar el inglés!

Si creía que iba a hacernos gracia, se equivocó.

Mari Eli fue a hablar con el *maître* para ver si podíamos entrar ya. Dijo que sí.

—Después de los ingleses, pasamos nosotros.

Bueno, había apetito y había que cenar.

—Un momentito, escuchadme todos y todas.

Vaya.

—Mucho cuidado con lo que hacemos en el comedor. No quiero ver a nadie corriendo, ni dando empujones y lanzándose a coger sitio. ¿Queda claro?

Quedaba clarísimo.

—Y, ¡ah! —dijo de repente Macu—. A ver lo que os ponéis en los platos, pensad que es un bufé libre, pero hay que elegir con cuidado, no se trata de que después dejéis restos en el plato porque os habéis puesto demasiada comida. Mirad bien primero todo lo que hay.

Mari Eli añadió lo siguiente (no, si huyendo de mi madre…):

—Quiero ver un poco de verde en los platos, a un lado del bufé están las ensaladas y hay de todo.

¿Ensalada? ¿Había dicho ensalada? ¡Una

semana lejos de casa y teníamos que ponernos ensalada para cenar! Lo tenía claro.

Y Macu otra vez (sí, sí, algo pesaditas sí que se estaban poniendo, para qué nos vamos a engañar):

—En las mesas no se grita y se come con educación, a ver qué hacemos.

Nosotros decíamos que sí, que bueno, que... ¡Qué íbamos a decir! Nosotros lo que teníamos era hambre, sencillamente hambre.

Entramos. El comedor era grande, decorado de una forma algo impersonal pero acogedora. En el centro estaba el llamado «bufé libre».

Enseguida, el *maître,* muy amable el hombre, nos indicó los sitios más apropiados para nuestro grupo y nos recomendó, siempre con una amabilidad exquisita, que los conservásemos todos los días.

Muy bien, los conservaríamos.

Cuando la marabunta británica desocupó un poco el bufé, nos acercamos nosotros, en fila, por supuesto (y no como ellos, que se amontonaban de cualquier manera, sin ningún tipo de orden, ni de organización, ni de nada).

Como no podía ser de otra forma, Macu se puso al principio de la cola, y claro, Mari Eli al final; así podían controlar perfectamente el contenido de los platos.

Pero... hay que decir que había bastante variedad y, mira..., cada cual se hizo su arreglillo de lo más variado. La cena estuvo bien, hasta se podría decir que muy bien.

A medida que fuimos acabando de cenar, vinieron las preguntas obligadas:

—¿Podemos subir a las habitaciones?

—¿Iremos a la discoteca?

—Ahora nos podemos duchar, ¿no?

—¿Hasta qué hora estaremos en la discoteca?

En ese momento Mari Eli y Macu empezaban a cenar, y la avalancha de preguntas las pilló con la boca llena, o sea que las respuestas fueron un poco histéricas (un poco, no os vayáis a pensar que...), vaya, cosas como:

—¿Os podéis esperar un momento, por favor?

(Pero era un «por favor» con... ¿Cómo os lo diría yo? Era un «por favor» con mal rollo, ¡eso!, un «por favor» al que correspondería una traducción difícil de escuchar y seguramente no demasiado recomendable.)

Pero era una interrupción constante, ahora uno, enseguida otro u otra. Tuvieron que dejar las cosas claras:

—Un momento —dijo Macu levantándose—. Al acabar, podéis coger las llaves de las habitaciones y subir. Mucho cuidado con lo que hacemos, ya sabéis que hay una lista con los precios de cada cosa por si rompéis algo. Al acabar, digo, podéis subir, que no se duche nadie porque estáis haciendo la digestión. Luego, podéis bajar media hora a la sala donde está la cafetería hasta que abran la discoteca.

(Aplausos, vítores y otras muestras de alegría efusiva.)

—¡Eh, eh! ¡Que estamos en un sitio público!

—¿Hasta qué hora podremos estar en la discoteca?

Macu cruzó una mirada con Mari Eli, y...

—Hasta las once y media.

—¡Hasta las once y media! ¡Pero si la cierran a la una!

—Pero hoy estáis cansados del viaje y mañana nos tenemos que levantar temprano. Los demás días ya veremos.

—Pero...

Hubo muchos «peros», además de quejas generalizadas y protestas diversas. De todas formas, fue a las once y media. (Ya lo sabía yo: cuando las dos juntas toman una decisión no hay forma de cambiarla, lo tienen bien estudiado.) Quizá lo que ninguna de las dos quería era ceder ante la otra y dar la sensación de ser blanda, no lo tengo demasiado claro. El caso es que... sólo habría hora y media de música.

La discoteca estaba situada en los sótanos del hotel. Era un espacio no demasiado grande, con una pista de baile y rincones con sofás, una buena cantidad de sofás. También una barra, claro, ¿dónde se ha visto una discoteca sin barra? Todo *light* para nosotros, como os podéis imaginar. El techo..., el techo me pareció bajo, cosa que daba al conjunto una especie de sensación de aplastarte, pero cuando llevabas un rato allí dentro, se te pasaba.

Cuando nosotros llegamos, es cuando empezó a llenarse de gente de todos los grupos escolares que había en el hotel. Todo el mundo se había arreglado tanto como había podido y formaba grupitos que miraban, observaban, comentaban y vigilaban.

Allí estaban los ingleses y las inglesas, rubios y blancos; allí estaban los del colegio de San Juan, otros de Murcia, unos de Barcelona... Nosotros también estábamos. Pero las caras se desdibujaban por los reflejos de las luces móviles y temblorosas de la música que los DJ (Javi y tres más) nos iban poniendo.

—¡Venga, venga! ¡Que esto tiene que animarse!

Costar, lo que se dice costar, no costó mucho. En cuestión de dos minutos, la pista estaba a tope.

La música era variada, pero siempre llena de ritmo, mucho ritmo. La pequeña pista de baile se convirtió enseguida en un revoltijo, en el que todo el mundo interpretaba la música a su manera con más o menos acierto.

Como todos no cabíamos, había algunos y algunas que ocupaban los sofás y charlaban, bueno, charlar… no mucho, porque… tampoco es que se pudiera con aquella música, y además…, el objetivo secreto (o no tan secreto) de muchos y de muchas era en realidad el de ligar. Sí, ligar con alguno o alguna de otro colegio. Ligar con alguien de otro colegio da un prestigio ciertamente importante, no podemos negar este hecho. Supone un reconocimiento externo, un reconocimiento hecho por personas que no conocemos, y eso tiene su mérito.

Había muchas estrategias y muchos estilos, todo consistía en observar: los conquistadores y conquistadoras natos, que no tenían ningún tipo de problema para hacer amistades con gente nueva, los simpáticos y las simpáticas, los amables, los tímidos y las tímidas, los muy tímidos y las muy tímidas, los timidísimos y las timidísimas y, por fin..., los sosos y las sosas (que ni bailaban, ni cantaban, ni decían nada, hablaban entre ellos, porque los sosos siempre van juntos, se quedaban sentados en cualquier sofá sin que la pista ni el baile les importasen ni lo más mínimo).

Los profesores de todas aquellas pandillas también estaban con ellos, algunos bailaban mezclados entre el bullicio, y otros estaban sentados en la barra con un vaso en la mano mientras controlaban a sus alumnos. Aunque no siempre estaban allí: bajaban, subían, volvían a bajar, iban, venían, miraban el reloj, bostezaban… ¡Pobres!

Mari Eli y Macu también estaban allí, ¡faltaría más!

De vez en cuando, algunos o algunas se les acercaban para comunicar sus progresos en el mundo, siempre difícil y costoso, de las relaciones humanas.

—¡Macu, Macu! ¡Nos hemos hecho amigas de unos chicos de Barcelona!

—Pues me parece muy bien.

—¿Queréis conocerlos?

—No, no…, con que los conozcáis vosotros ya es suficiente. ¡Ojo, eh!

—Sí.

Quique se quedó alucinado, pero alucinado de verdad, cuando unas inglesas le preguntaron cómo se llamaba y hasta le invitaron a bailar con ellas. Claro que Quique se había peinado con el pelo en punta, como si le hubiesen crecido antenitas por todas partes, y aquello arrasaba. A los ingleses no parecía que les hiciese demasiada gracia, mira por dónde. No decían nada, pero miraban con mala cara.

El tiempo pasaba y, en un abrir y cerrar de ojos, dieron las once, un poco más y...

—Hala, nos vamos, que mañana hay que madrugar.

—¡Un poquito más, que iba a hablar con una inglesa!

—Mañana, mañana hablas con ella todo lo que quieras.

—¡Por favor, por favor, por favor!

—Nada, ¡vamos!

Era una batalla perdida. Todos y todas lo sabíamos, o sea que, lentamente, como un rebaño agotado, enfilamos el pasillo que nos llevaría a las escaleras del piso de arriba y a las habitaciones.

Pero la noche no había terminado, todavía no. Había que tomar posesión de la cama, ponerse el pijama, ir de visita, volver a comprobar el correcto funcionamiento de los grifos del lavabo, asomarse a la ventana o al balconcillo, dejar preparada la ropa para el día siguiente...

—Ahora, al subir a las habitaciones, cada cual a la suya y a dormir.

—Dentro de un cuarto de hora pasaremos a que nos deis las llaves, así mañana os despertaremos nosotras. No empecéis a ir arriba y abajo. No nos gustaría que ya mañana alguien se quede sin poder esquiar. ¿Entendido?

(A estas alturas quizá ya no hace falta que os detallemos el tono de cada una de las intervenciones de Macu y de Mari Eli, parece que pueden resultar familiares para vosotros. Estas últimas fueron, efectivamente, como tú has supuesto, agresivillas, bueno, con un toque más de sargento de guardia que de otra cosa. Y mi madre preocupada por si nos desmandábamos y hacíamos lo que queríamos...; ya me gustaría a mí verla aquí.)

Siempre comprendíamos aquellas palabras a causa de su fluidez y su manera de llegarnos tan directa, llana, acogedora.

Lo habíamos entendido, eso es verdad, pero... ¿qué sería del mundo sin esa gente que traspasa las fronteras, que rompe los convencionalismos, que supera las barreras?

Pasado el cuarto de hora anunciado, fuimos entregando las llaves a Mari Eli y a Macu a medida que se iban asomando para darnos las buenas noches (un servicio completo el de esas chicas, ya lo veis), hacer el último recuento del día y las últimas recomendaciones (¿o eran amenazas?) habitación por habitación. Entonces dejamos pasar otro cuarto de hora y..., con mucho cuidado y todo tipo de medidas de vigilancia, se inició un turno de visitas de cortesía a lo largo del pasillo. El problema era el ruido. Había que llamar con una delicadeza fuera de lo normal y esperar a que abriesen. Regresar también era cosa seria, porque cada diez o quince minutos, ahora Mari Eli, ahora Macu, hacían una ronda de comprobación (¿paranoia obsesiva?, ¡quién sabe!).

Pero la actividad fue descendiendo y hacia las doce y media, o quizá la una menos cuarto, todo el mundo dormía y algunos, además, roncaban.

2
Segundo día

Fue un despertar diferente a los demás. Una pequeña sacudida y un:

—Venga, todo el mundo arriba, que es la hora, nos vamos a esquiar. ¡La cara lavada enseguida!

Sí, había llegado el momento.

No nos costó levantarnos. Era la novedad: ropa, gafas, mono, guantes…

Las habitaciones se convirtieron en un nido de actividad. Sin saber cómo, la agitación las llenó por todas partes. Nadie podía explicarse cómo las maletas y las bolsas, perfectamente ordenadas momentos antes, en tan sólo unos segundos se habían convertido en un revoltijo de ropa.

Cada cual se ponía su equipo, se perdían las gafas que un instante antes estaban sobre la cama, se acusaba al compañero de haberlas escondido, se encontraban entre las sábanas, se corría al baño, se gritaba porque alguien se había colado. Todo eran muestras de amabilidad.

—¡Marisa, sal de ahí, que tengo que vestirme!

—Haberte levantado antes, ahora te aguantas.

—¡Eh, que me estás pisando los descansos!

—Pues ponlos en tu lado.

—¡Idiota! Ya me has tirado la maleta, ahora me la arreglas tú.

—¡Vas fresca!

—A veces, Rosario, no sé cómo no te doy una torta.

—Y yo a ti, ¿qué te crees?

Cada diez o doce minutos pasaban Mari Eli o Macu:

—Venga, venga, que aún tenemos que desayunar.

Pero los ritmos de las personas nunca son idénticos. Al cuarto de hora de habernos despertado, ya había algunos y algunas que estaban preparados y en la puerta, esperando que fuese el momento de bajar al comedor (nunca he sabido cómo lo consiguen, ¿quizá duermen vestidos de esquiador?); y en el otro extremo, cuando ya todos y todas nos habíamos reunido en el vestíbulo, todavía quedaban tres en las habitaciones, mientras Macu gritaba para que se diesen prisa.

Finalmente, estuvieron todos y todas ante la puerta del comedor.

El amabilísimo *maître* (el mismo del día anterior, claro) nos recibió con una sonrisa amplia y acogedora (seguramente aprendida en algún cursillo de hostelería) y nos hizo pasar.

—Por favor, colocaos en los mismos sitios que ayer, si sois tan amables.

Nosotros siempre éramos de lo más amable, o sea que nos sentamos en los mismos sitios donde habíamos cenado. Ningún problema.

—¿No están los ingleses?

—Se ve que vienen más tarde, o quizá no desayunan.

—Sí, ahora se quedarán sin tomar nada hasta la hora de comer.

—Igual desayunan un bocadillo o…, mira, yo qué sé, a mí me dan lo mismo los ingleses y las inglesas.

El desayuno era también de bufé libre y nos pusimos en el plato un buen montón de bollos y cruasanes, además de pastillitas de mantequilla y porciones de mermelada para marranear los bollos. Todo normal y perfecto.

—¿Ya estáis? —preguntó Mari Eli.

Parece que sí, porque salimos en bloque al recibidor, sin que nadie se quedase atrás.

—A ver, ¿estamos todos? Quedaos quietos un rato, que os cuento.

Recuento habitual, algo nervioso.

—¡Treinta y siete! ¿Quién falta?

—Alicia, que ha entrado en el comedor. Es que se ha olvidado las gafas.

—Bueno, entonces dadme las tarjetas de las habitaciones para que yo las entregue en recepción.

Alicia llegó en aquel preciso instante.

—Alicia, cuando se dice que vamos a contar no se puede ir nadie, ¿lo has entendido, guapa?

(Aquel «guapa» sonó con algo de retintín, vaya, que venía a decir algo así como: «¿Pero cómo se te ha ocurrido?»)

—Pues, si ya estamos todos y todas, venga, vamos bien de tiempo, faltan veinte minutos para la hora, tiempo suficiente para poneros las botas y coger los esquís.

En ese momento, vimos que los ingleses bajaban al comedor.

—Verás como también desayunan.

—Por mí, como si quieren operarse.

Entre el hotel y el sótano donde estaba nuestra jaula con los esquís y las botas ya sabéis que habría unos doscientos metros, o sea que llegamos en un momento y bajamos por las mismas escaleras que la tarde anterior. Llegamos a la jaula y...

—¡Ostras!

El charco se había hecho mayor, mayor en extensión y mayor en profundidad. Las botas sólo se habían mojado por debajo, pero la dificultad ahora estaba en poder alcanzarlas sin mojarse demasiado, así como los esquís.

Macu se decidió y empezó a sacar pares de botas mojadas y a preguntar de quién eran. Pero no era fácil reconocer unas botas que sólo habías visto una vez, así que optó por irlas dejando en el suelo y que cada uno las mirase durante el tiempo que hiciese falta. El atasco que se montó fue espectacular.

—¡Ésas creo que son las mías!

—Macu, Macu, las mías las dejé ayer en el rincón.

—Éstas me van pequeñas, no me entran bien.

Mari Eli iba repartiéndolas por fuera.

—¡No me las puedo abrochar!

—¡A mí me las han robado!

—¿Cómo te las van a robar? ¡Mira que eres tarugo!

(Respuesta agresiva, primera muestra de peligro.)

—Las mías están mojadas por dentro.

—Macu, dame los esquís, son los…

—¡¿Quieres esperar a que saquemos antes las botas?! —gritó muy muy enfadada (peligro declarado, atención de ahora en adelante).

En un determinado momento, seguramente cuando había más lío y más confusión y cuando estaba a punto de perder el equilibrio emocional que suelen tener las profesoras (aunque a veces lo disimulan muy bien), pues entonces sucedió.

Al sacar unas botas, Macu empujó un par

de esquís que estaban apoyados en la pared de la jaula, y entonces se produjo el efecto dominó, y acabaron todos, los cuarenta pares, amontonados en un rincón. Todo convertido en una mezcla desordenada: las botas que quedaban, los esquís y los palos, y además, bien mojado por el charco del suelo. Realmente, el paisaje era desolador (claro que... la cara de Macu...).

¿Veinte minutos? Cuando los primeros y las primeras pudimos salir al lugar de reunión había pasado ya media hora, y los monitores nos miraban con cara de pocos amigos. Qué se le va a hacer.

Por fin salimos. Parecíamos... No sé lo que parecíamos: los había que no podían abrocharse las botas; otros que antes de llegar al punto de reunión, cosa de diez o doce metros, ya habían resbalado y no sabían cómo levantarse; los había que en el momento de encajar las botas en los anclajes de los esquís se habían caído hacia atrás sin poder evitarlo y ahora estaban en el suelo; otros hacían considerables esfuerzos por avanzar; y finalmente, estaban los y las que dominaban el tema y miraban con cierta desesperación la escena.

Enseguida empezó una especie de examen para averiguar el nivel de esquí de cada uno. Vamos, el nivel de esquí de aquellos y aquellas que ya habían esquiado alguna vez. A los nuevos se les llamaba «debutantes» y ya se entendía que iban a empezar su aprendizaje.

Yo ya había pasado el año anterior por la experiencia y, aunque mi control de los esquís no fuese cosa del otro mundo (más bien era limitado), podía optar a un grupo de perfeccionamiento, es decir, a un grupo que esquiaría por pistas azules y rojas, eso sí, con un montón de caídas y golpetazos.

Parece que era inevitable. Rápidamente se hicieron unas clasificaciones odiosas (odiosas para los debutantes, claro, porque, como os podéis imaginar, enseguida empezamos a mirarlos por encima del hombro).

Los debutantes y las debutantes, más de una veintena, formaban grupos de diez o doce con los debutantes de los otros colegios para empezar con el abecé del tema, en las zonas llanas, alrededor de la escuela de esquí. A mí me tocó hacer lo mismo el año pasado. Nosotros, con nuestro monitor, nos dirigimos directamente a los telesillas para subir a las pistas de arriba.

Siempre ha habido clases, ¿no? Ahora me tocaba a mí estar arriba. Y tampoco era nada tan exagerado…

Mari Eli nos había reunido antes de la selección de grupos para decirnos que:

—Tan pronto como se acaben las clases —dos horas— os quiero a todos y a todas aquí. ¡Pero a todos y a todas!

El año anterior recuerdo que tuve un poco de miedo en los telesillas, un poco…, o quizá más, vaya, era vértigo, y eso no se va de la noche a la mañana, y menos con el consejo ridículo que te da todo el mundo: «Tú no mires abajo y verás como ni lo notas».

¿Cómo voy a ir sin mirar abajo? ¿Entonces tendría que tener todo el rato los ojos cerrados?

Este año había superado el miedo, aunque me había quedado un cierto respeto a la altura. Decir lo contrario sería mentir, pero no era la angustia de las primeras veces. Subí sin pensarlo. A mi lado se sentó Rosario, y juntas bajamos la barra de protección. Estábamos lo que se dice entusiasmadas ante el primero de la que esperábamos que fuera una larga serie de descensos.

Cuando pasamos por encima de unas debutantes, gritamos para saludar (a veces, no puedo dominar según qué cosas y..., ya sé, ya sé que no está bien, pero, ¡qué se le va a hacer!, somos... humanas).

El telesilla siguió su camino y nosotras con él. No se veía el final, sólo una pendiente huérfana de árboles que habían sido sustituidos por las columnas que sostenían los cables. A los lados, a ambos lados, los árboles se alzaban verticales, altivos, fuertes. Subíamos en silencio porque a Rosario todavía le impresionaba la altura, e iba como concentrada, con ambas manos agarradas a la barra intentando que le diese una seguridad que no tenía. De repente, empezó a aparecer la niebla. Hay que decir que hacía bastante frío, ya sé que en la nieve... pues hace frío, pero aun así el día no era tan feo, el sol había salido y hacía su papel, que a la hora que nos encontrábamos no era otro que el de iluminar aquellas pendientes con su claridad amarilla, de un amarillo fino y algo desvaído. Todo era encantador a aquella altura, y el silencio venía a subrayarlo aún más.

A veces me ha pasado que un paisaje me ha conmovido tanto que me he quedado encantada ante él y me han venido ganas de llorar de emoción. Ahora no iba a llorar, no, pero os he de decir que era un espectáculo inimaginable, un espectáculo que me hacía sentir pequeña, insignificante, hormiga, nada. Bastaba con mirar y dejarse llevar.

Pero apareció la niebla, ya os lo he dicho. Entramos en una niebla rasa y densa y, antes de que nos diésemos cuenta, ya no distinguíamos más allá del siguiente telesilla.

Noté que Rosario se encogía y que todavía se agarraba con más fuerza a la barra de protección.

—¿Y esta niebla de golpe?

—No sé, debe de ser por la altura.

—¿Tardaremos mucho? —dijo con una voz muy distinta de la que había utilizado en la cola unos minutos antes.

—No me acuerdo demasiado, pero creo que ya debe de faltar poco para la caseta donde acaba el telesilla. Éste es aquel telesilla que resulta un poco difícil al bajar.

—Ah, sí, el año pasado me caí una de las veces.

La niebla se espesaba cada vez más, casi no veíamos nada que no fuese la silla de delante y los cables silenciosos con su temblor cuando pasábamos por una de las columnas que los sujetaban. El resto del mundo parecía no existir.

—Mira que este telesilla es largo. El año pasado, Andrés lo cronometró y creo que pasaba de los doce minutos.

—Es que va muy lento. El de cuatro en cambio corre como un cohete.

De repente, se paró. El corazón se nos desbocó un poco (un poco bastante, para qué nos vamos a engañar). Rosario tuvo miedo. Yo... también, porque el balanceo que provocó la parada en seco no resultaba nada agradable, sobre todo en medio de aquella niebla. Volvimos al silencio. No sabíamos a qué altura estábamos, no veíamos el suelo, sólo las ramas difuminadas de los árboles más cercanos, como si fuesen estatuas fantasmales. Unos segundos más tarde, y nuestro telesilla dejó de moverse, cosa que agradecimos. El frío se hizo patente. Aun yendo bien equipadas como íbamos, el frío de aquella altura se hacía sentir. Además nos teníamos que estar quietas. Nos calamos los gorros de lana hasta donde daban (justo donde se acaban las orejas) y nos levantamos el cuello del mono de esquiar también hasta donde llegaban (justo donde empezaban las orejas desde abajo, donde se formaba una línea de encuentro que dejaba entrar un airecillo helado hacia el cuello que te mantenía despierta). No podíamos hacer nada más, pues con una mano cogíamos los palos y con la otra la barra.

Hay que decir que las pausas en los telesillas son frecuentes, siempre cosa de un minuto más o menos. Pero éste estaba durando demasiado...

La niebla no daba señal de aclararse. La sensación de aislamiento era cada vez mayor. Yo no las tenía todas conmigo. Rosario...

todavía menos. Estaba empezando a ponerse nerviosa.

—Tarda demasiado, ¿no?

—Sssssí —tuve que admitir.

—¿Habrá pasado algo?

—No..., vaya, no creo, seguro que...

En ese momento se puso en marcha. Fue un estirón algo brusco, pero sí, se puso en marcha. Entonces tuvimos la sensación de que nos habían quitado un peso de encima. Fue una gran alegría para las dos.

—¡Ay, qué ganas tenía! —dijo Rosario, riendo por primera vez desde el principio del viaje.

—Y yo; me estaba empezando a congelar.

Pero diez metros más arriba... se volvió a parar.

De nuevo el balanceo. Decepción, angustia, corazones acelerados.

—¿Y ahora?

—No sé, ¿qué quieres que te diga?

¡Esta vez estábamos asustadas de verdad!

El telesilla de delante, que no se veía, iba vacío, y por lo que parece el de detrás también. A aquellas horas todavía no subía mucha gente y nuestro monitor nos había dicho que fuéramos subiendo y que lo esperásemos arriba, que él llegaría enseguida, o sea que muchas de aquellas sillas iban vacías.

—María, tengo miedo.

(Esta María soy yo. Sí, sí, la que viene explicándoos este viaje lleno de encanto y armonía. Quizá no es el mejor momento para presentarme, pero... qué se le va a hacer. Ha salido así y estoy demasiado asustada como para discutir nada. No sé, no sé..., no me encuentro nada a gusto aquí arriba y si no fuese por Rosario..., quizá, quizá... me echaría a llorar.)

—Mujer, yo... creo que no va a ser nada.

Mentira. Casi sin que nos diésemos cuenta se empezó a levantar un vientecillo suave, casi imperceptible, y la niebla, que hasta entonces se había mantenido quieta, fue pasando ante nosotras. De vez en cuando, una vibración sacudía el cable y nos sobresaltaba.

—Eso es que están intentando arreglarlo —dije yo.

Rosario dijo que sí, pero lo dijo porque quería que fuese de veras. Quería creer que efectivamente estaban arreglándolo y que... que todo era cuestión de tiempo.

Hubo un momento en que gritamos, primero una, luego la otra, y finalmente, las dos a la vez. Nuestros gritos se perdieron en la niebla y no recibimos respuesta.

Para entonces, pasaban ya siete minutos desde que se había producido el segundo parón.

De nuevo silencio, un silencio angustioso, intranquilo, pegajoso. Mirábamos sin ver casi nada. La niebla, empujada por el viento, dibujaba sombras movedizas que salían de los árboles del lado izquierdo queriendo abrazarnos con su aliento húmedo. Mucho miedo.

Entonces sucedió. De repente, noté que Rosario me agarraba del brazo con fuerza. Fue como un reflejo de terror que me dominó. La miré, sus ojos estaban desorbitados, llenos de miedo y, con el dedo, señalaba a un árbol. Al mirar hacia allí, me sobresalté. En la rama más cercana al telesilla estaba posada un ave negra, descomunal, que nos miraba con ojos amenazadores. Yo grité, Rosario también, las dos gritamos mucho. El ave desplegó las alas y se abalanzó hacia nosotras, abriendo el pico todo lo que podía, mientras lanzaba un horrible graznido. Lloramos horrorizadas como si aquel momento fuese el último de nuestras vidas. Fue todo muy rápido, cuestión de unos segundos horribles en los que estuvimos casi a punto de saltar del telesilla buscando así nuestra salvación. Las alas nos taparon por completo haciendo que oliésemos su plumaje negro y notásemos la tibieza de su cuerpo. Cuando huyó, o mejor dicho cuando se fue, nos dejó a las dos aterrorizadas. El telesilla se balanceaba por efecto de la acometida de aquel animal, aunque nosotras ya no notamos ese nuevo movimiento, de lo asustadas que estábamos.

Por suerte, el telesilla se puso en marcha de nuevo. Dos minutos más, y vimos aparecer por entre la niebla la caseta de la parte alta y, como pudimos, nos preparamos para bajar.

El personal de la estación nos ayudó a salir, y enseguida se dieron cuenta de que algo había pasado. El resto de los compañeros que había llegado antes se mantenía a un lado, con aspecto de estar helados, como nosotras, pero... no aterrorizados como estábamos también nosotras.

Como pudimos, con explicaciones entrecortadas, les contamos lo que nos acababa de ocurrir a los dos chicos que atendían la caseta.

Nos dijeron que teníamos una pequeña herida en el cuello. Nosotras no nos habíamos dado cuenta hasta entonces, o sea que nos llevamos la mano al cuello y..., sí, notamos un leve dolor, como el que produce el roce de un objeto rugoso y duro. Pero no nos molestaba demasiado.

El hecho de que Rosario y yo tuviésemos la herida en el mismo sitio no nos preocupó lo más mínimo.

Entonces llegó nuestro monitor, que se llamaba Alfonso. Los chicos del telesilla le explicaron inmediatamente en qué estado habíamos llegado y lo que contábamos. Nos miró el cuello y dijo que la herida no tenía importancia, pero que tendríamos que pasarnos por la consulta de la doctora para que nos echase un vistazo.

—Así, habéis pasado miedo...

—Muchísimo —dijimos, todavía afectadas.

—Lo siento mucho, nunca había ocurrido nada parecido. Las aves... no suelen atacar. Quizá se haya visto amenazada por vuestra proximidad.

—Era muy grande. Yo no sé qué animal era. Un águila, no, porque he visto águilas varias veces y no son así. Tenía las plumas negras, negras...

—¿Podréis descender la pista solas o queréis que os vengan a buscar?

Nos miramos y...

—No, no, no hace falta, ya bajaremos nosotras...

—Pero tenéis que ir a la doctora. La herida podría infectarse, y además, es mejor que lo sepa.

Yo le miré el cuello a Rosario y..., vaya, aquello tenía el aspecto de una marca más que de una herida.

—¿La mía es igual? —pregunté a Marisa y a Irene, que nos acompañaban.

—Sí, son idénticas, están hechas de la misma manera.

Siete u ocho minutos después, el grupo estaba al completo y, superado aquel susto, iniciábamos nuestra estancia en la nieve.

—Va, vamos a ver si estamos en forma. ¿Bajamos la pista de Los Enamorados?

—¡Sí! —respondimos a coro.

(Los Enamorados es una pista azul, la pista que separa a los debutantes de los que ya esquían por segundo o tercer año. Para empezar, no estaba nada mal.)

—Ojo, no nos separemos hasta que hayamos bajado lo suficiente para salir de la niebla.

Iniciamos el descenso. Hacía frío, aunque con el movimiento no se notaba tanto, nada que ver con el rato del telesilla. Empecé con bastante inseguridad. Alfonso se dio cuenta enseguida. A Rosario le pasaba lo mismo.

—Iremos juntos hasta abajo. No hay prisa, tenéis que coger el punto del año pasado. No tardaréis demasiado, siempre se repite la misma historia.

En las primeras pendientes tuve que hacer mucha cuña, cosa que me molestó, pues el año anterior ya la había superado y me veía como retrasada. Claro que... no era yo sola quien se encontraba así, pues en el grupo todos resbalaban sin demasiada elegancia.

—¡A ver esas flexiones en los giros! —gritaba Alfonso viendo aquel desorden en el rebaño.

Incluso hubo alguna caída de lo más espectacular. Vaya, de ésas que das una voltereta y levantas una polvareda de nieve y pierdes los esquís y se te queda una cara de tonto que no te la quitas ni maquillándote (además, estas caídas son muy bien acogidas por los demás, que las encuentran la excusa perfecta para partirse de risa y... todos y todas sabemos que la risa es una cosa muy saludable, que alivia las tensiones).

Cuando, por fin, salimos de entre la niebla, pudimos esquiar con más confianza, y entonces, todo fue mejor. Vamos a ver, un poco mejor, tampoco es cuestión de echar las campanas al vuelo.

Al llegar abajo, Alfonso envió al resto del grupo a una pista verde destinada a los debutantes mientras nos acompañaba al consultorio.

—Es sólo un momento, volvemos inmediatamente —les dijo.

La doctora nos atendió muy rápido, era temprano y todavía no había habido ninguna visita. Rosario y yo éramos las primeras.

Nos miró con detenimiento las heridas y… se extrañó muchísimo.

—¿Y qué decís que os ha pasado?

Fue una pregunta hecha con mucha curiosidad y, claro, tuvimos que relatar la experiencia. Ahora lo hicimos de forma más ordenada y completa que arriba en la caseta.

La doctora y Alfonso se sorprendieron, y los dos trataban de encontrar un motivo para entender el comportamiento del ave.

Pero las heridas… no le resultaban familiares. Sacó una lupa y se pasó un buen rato observándolas, ahora la mía, ahora la de Rosario. Alfonso, preocupado por el grupo, le preguntó si tardaría mucho.

—Es que tengo al resto del grupo en la pista...

—No, no, pueden marcharse. Si notáis cualquier molestia, volved y entonces veremos qué hacemos. Por ahora no veo qué más puedo hacer por vosotras.

Salimos, nos volvimos a poner los esquís y fuimos a ver si nos reuníamos con el grupo.

—Estamos perdiendo mucho tiempo —dijo Alfonso—, será cuestión de darnos prisa. Ya sé que ahora no querréis volver a subir en el mismo telesilla...

Nosotras hicimos gestos de que, efectivamente, no era una cosa que nos entusiasmase demasiado. Sólo imaginarnos que podíamos volver a quedarnos colgadas entre la niebla...

—Ya, lo entiendo perfectamente, o sea que iremos a coger el otro, es más rápido y se va en grupos de cuatro. Yo iré con vosotras. Veréis como todo irá bien. Estas cosas no pasan todos los días, a ver si os vais a pensar que…

No dijimos nada. Yo, por mí, aquella mañana me hubiera quedado sin esquiar, y me parece que Rosario también, pero Alfonso insistió y…

Una vez reunido de nuevo el grupo, iniciamos el ascenso. Ahora, todo fue diferente, no hubo ninguna parada y la niebla se había levantado; sólo se mantenía en lo alto de los picos más lejanos. El descenso también fue más fluido, y quien más y quien menos iba cogiendo el punto del que había hablado antes Alfonso. Empecé a pasarlo bien al ver que podía esquiar como el año pasado y que dominaba los giros con mucha más facilidad que antes.

—¡Rosario, mira cómo giro!

Rosario también había mejorado. Se la veía más suelta, más ligera. Nada del otro mundo, no vamos a decir que pudiésemos hacer descensos de eslálones especiales, pero..., para nuestras aspiraciones personales, ya estaba bien. Aquel año mejoraríamos mucho.

¿Y el susto? ¿Dónde había quedado? El susto estaba allí, en nuestro interior, casi intacto, porque sustos así no se marchan cuando una quiere y menos cuando ha sido tan fuerte. Ya saldría, ya saldría por la noche y nos haría temblar en cuanto cerrásemos los ojos, bien lo sabía yo. Pero ahora lo habíamos alejado un poco y, con la luz, la compañía y el resbalar por la nieve, parecía que ya no estuviese allí.

La clase se acabó. Alfonso nos volvió a mirar el cuello y nos recomendó que visitásemos a la doctora en caso de notar molestias. Después se despidió de todos y de todas hasta mañana.

Justo nos acababa de dejar cuando vimos que Mari Eli y Macu nos hacían señales para que nos reuniésemos con ellas.

—No nos perderemos, no —dijo Tatiana, irónica como siempre.

Fue cuestión de diez minutos, los que tuvimos que esperar a que los treinta y ocho estuviésemos juntos, minutos que empleamos en hacer el obligado relato de nuestra mala experiencia y que todo el mundo nos mirase la marca que el ave nos había dejado.

Como era de suponer, Mari Eli y Macu hicieron su propia inspección de las heridas (de una minuciosidad parecida a la de la doctora, aunque sin lupa) y soltaron su correspondiente batería de preguntas inquisitivas de qué, cómo, cuándo y dónde, todas ellas con exigencia de respuesta inmediata.

—¿Y habéis pasado mucho miedo?

—Pobrecitas —decían Jaime y Juan burlándose.

Finalmente, Macu dijo:

—Vamos a ver. Los debutantes hoy os quedaréis en esta pista verde. Si mañana vuestro monitor os acompaña en el telesilla, subiréis a las pistas azules con Mari Eli o conmigo. Los demás haremos dos grupos y subiremos a las pistas de arriba. Y quiero a todo el mundo aquí para ir a comer exactamente a la una y cuarto. Si alguien ve que no conseguirá estar a la hora exacta..., mejor que no haga la última subida. ¿Lo habéis entendido?

División de opiniones. Los más aventureros y atrevidos de los debutantes protestaron. Ellos estaban preparados (dos horas de cursillo parece ser que habían sido suficientes para convertirlos casi en profesionales) para subir a las pistas azules; es más: exigían subir a esas pistas desconocidas para demostrar su destreza y valentía. Pero Mari Eli les dijo que se dejasen de tonterías y que tenían que ir poco a poco (decisión que les hundió seriamente el ánimo y les hizo llegar a la conclusión universal a la que llega, más pronto o más tarde, todo alumno y toda alumna en el transcurso de su vida escolar: ¡les tenían manía!).

El resto..., bueno, no había mucho que discutir. Lo que había era prisa por bajar por las pistas rojas, o incluso negras, que agrandarían la diferencia de nivel con los debutantes. Eso tenía que quedar bien claro.

Las cosas... fueron bien, de lo más bien, incluso podría decirse. Fueron tres descensos maravillosos, tres descensos en los que cogimos una cierta velocidad y, sin duda, empezamos a mejorar la calidad de nuestro esquí. Hubo caídas, claro, no penséis... Todas ellas, las caídas, fueron celebradas con el rito ya conocido de carcajadas ruidosas, largas, escandalosas... Vaya, lo normal.

Sin casi saber cómo, llegó la hora de reunirnos para ir a comer, y no hubo más remedio que descansar e ir al lugar donde habíamos quedado. Estábamos casi todos y todas, o sea que volvimos a bajar a la jaula, que a aquellas alturas ya estaba completamente ocupada por nuestro charco.

La escena de quitarnos las botas de esquí, buscar las de descanso entre el montón mojado y dejar los esquís otra vez fue un lamentable desaprovechamiento para cualquier director de cine. Al principio funcionaron las indicaciones de Mari Eli, quien, en un intento de que el desorden no fuese a más, nos indicó una ruta de entrada y otra de salida para no molestarnos los unos a los otros, pero… no tardó mucho en cundir el grito de «¡sálvese quien pueda!» Entonces, la bienintencionada ruta se perdió y todos entramos a la vez buscando el calzado de recambio: empujones, embestidas, quejas, insultos, caídas de material…

—No puedo quitarme las botas, Macu, ¡que alguien me ayude! —clamó Alexis.

¡Pobre! En medio del desierto del Sáhara habría tenido más posibilidades de que alguien le ayudase que no aquí… Seguro.

La operación duró cosa de veinte minutos largos y provocó un deterioramiento considerable del estado de ánimo de Mari Eli y de Macu, ya lo creo. Por fin, tras el obligado recuento, pudimos salir todos hacia el comedor del hotel.

Al llegar, vimos a los ingleses que esperaban para entrar, y nosotros hicimos lo mismo. Macu entró a hablar con el *maître* y al salir nos dijo que no tendríamos que esperar demasiado.

—No me cansaré de decirlo: a ver cómo nos comportamos.

En esto, pasaron los ingleses y nosotros los seguimos. El *maître* nos saludó con su sonrisa acogedora aprendida en el cursillo de hostelería (en el que sin duda sacó un sobresaliente) y nos indicó que ocupásemos nuestros sitios.

A diferencia de los ingleses, que fueron directamente al bufé y lo colapsaron por completo, nosotros nos mantuvimos sentados en nuestras mesas esperando que amainase el colapso, cosa que era una auténtica muestra de civismo y educación y que fue muy comentada y apreciada en nuestro grupo:

—Macu, ¿por qué los ingleses pueden ir y nosotros no? Esta mañana ya ha pasado lo mismo.

—¡Eso, eso! ¡Tenemos hambre!

—Siempre es lo mismo, ¡parecemos criaturas de guardería!

—¡Esta noche nos tenemos que colar!

—Nos van a dejar sin nada, ya verás.

—Si es que Mari Eli y Macu son...

—Los ingleses y quien los trajo...

Fue cuestión de ocho o diez minutos. Pasado ese tiempo, nos fuimos acercando, no como ellos (los ingleses), no, no. Macu nos iba diciendo:

—Estas dos mesas por este lado, estas dos por el otro. Sin empujarse. Poneos lo que os vayáis a comer, no quiero ver platos con sobras de comida.

Mari Eli controlaba el verde. (¡Qué obsesión tenía con lo del verde!)

Justo cuando empezamos a comer, los altavoces del comedor nos avisaron por nuestros nombres. Eran las madres que, puntuales y sabiendo que era hora de comer, hacían su llamadita al hotel.

El interesado o la interesada tenía que salir corriendo a la cabina de teléfonos para decirle a su madre que: sí, que estaba bien, que ya había esquiado, que no, que no tenía frío, que la comida era buena, que se había puesto crema, que el hotel era muy bonito y que síiiii, que iría con cuidado y haría caso a Mari Eli y a Macu.

Acabado el acto de afirmación, volvía a la mesa y entonces podía empezar a comer. Siete veces llamaron mientras duró la comida, ¡siete!

Entre el final de la comida y el momento de volver a las pistas quedaría una media hora. Era la ocasión de subir a las habitaciones con cualquier excusa. Mari Eli y Macu habían dejado dicho que:

—Si no es imprescindible, no se sube.

Pero resultó que sí, que era imprescindible: se habían olvidado la crema, tenían que cambiarse los guantes, no sabían dónde estaban las gafas, no recordaban dónde habían dejado la cartera. «*Porfa, porfa,* ¿puedo ir a por la cámara?» Mari Eli y Macu, con mala cara. Casi todas las habitaciones pidieron la llave.

Nosotras también, faltaría más. Amalia tenía que encontrar su móvil, cuestión seria donde las haya, o sea que subimos todas, es decir: Amalia, Andrea, Rosario y yo, que éramos las ocupantes de la habitación.

Entramos después de unos cuantos intentos fallidos de abrir con aquella tarjeta que servía de llave, y cada una se fue directamente a su cama para echarse encima, pero al llegar a la mía vi que había un sobre en la colcha. No me sorprendió demasiado, pensé que lo había dejado alguna de mis amigas, sólo que..., vaya, era un sobre bastante raro, de un color y de un tamaño distintos a los que suelen tener los sobres. Lo cogí, claro, y el tacto me pareció nuevo, extraño; era un papel apergaminado, grueso y sedoso. Era viejo, o quizá sería más apropiado decir antiguo. Pesaba, pesaba como si contuviese un montón de folios.

—¡Mirad esto! —exclamé.

Se acercaron, tan extrañadas como yo:

—¿Quién puede haber dejado este sobre en nuestra habitación?

—¡Eh! ¡Qué chulada!

—¿Lo abrimos?

—A ver si resulta que es del hotel y nos metemos en un lío —dijo Amalia.

—¿Del hotel? ¡Pero si este sobre debe de tener por lo menos trescientos años!

—Entonces, tendríamos que avisar a Mari Eli o a Macu.

—Sí, mujer, para que le hagan una foto,

¿no? A veces, no sé cómo eres tan burra, Amalia.

—No, si yo lo digo porque…

—Tú lo dices porque nunca te has atrevido a hacer nada sola, porque el miedo se te come —le dijo Andrea, con teatrales aspavientos.

—Déjala, que ya sabes cómo es —comentó Rosario.

Lo abrimos. Lo abrimos con mucho cuidado, eso sí…, y nos costó, porque tenía solapa, como los sobres normales, pero estaba en tan mal estado que hubo momentos en los que se nos desgarró un poco.

Dentro, efectivamente, vimos unas hojas, unas hojas con un aspecto como el del sobre, es decir, antiguas. Las sacamos. Olían a viejas y daba la sensación de que si las desdoblábamos se desharían igual que los barquillos. Pero…, a aquellas alturas, todo aquello había despertado la curiosidad de unas cotillas como nosotras, y nada podía ya detenernos. Incluso Amalia tenía los ojos abiertos como los de un mochuelo bien entrenado.

Lentamente, desplegamos la primera y... hay que decir que nos quedamos boquiabiertas, sobre todo Rosario y yo, al ver que en su interior había dos plumas negras, dos plumas de ave.

—¡Ostras! —dije yo, mientras notaba que un escalofrío me recorría todo el cuerpo y la piel se me ponía como la de las gallinas en invierno.

Rosario se asustó.

—¿Eso? ¿Eso? —decía, mientras retrocedía hacia la pared.

En ese momento, justamente en ese momento, se escucharon dos golpes en la puerta que nos hicieron chillar del susto.

—¡Señoritas, estamos esperando, sólo faltáis vosotras! —fue una voz impetuosa y seca.

—Ya vamos —dijo Andrea.

—¡Os doy un minuto! —contestó Macu desde fuera (¡enfadada, muy enfadada!).

Metimos las plumas y las hojas en el sobre y nos acercamos a la puerta para salir.

—¿Dónde metemos esto? —pregunté.

—En el armario, a la vuelta seguiremos mirándolo.

—Yo creo que se lo tendríamos que decir a Mar...

—¿Qué es lo que le tendríais que decir a Mari Eli? —dijo inquisitiva Macu, que había oído las últimas palabras de Amalia.

—Nada..., que... que... si esta noche nos podremos quedar hasta la una en la discoteca.

(La velocidad del pensamiento de Andrea a veces era como la de la luz o algo por el estilo.)

—Eso ya lo veremos. Vosotras tendríais que quedaros sin discoteca. Todos abajo y vosotras aquí charlando tranquilamente. ¿Pero qué hacíais? ¿Se puede saber qué hacíais?

La tarde pasó entre subidas de telesilla, del telesilla de cuatro, claro, y descensos divertidos y emocionantes. Cogíamos velocidad, girábamos, hacíamos un paralelo cada vez más armónico, más ligero y más suelto. Definitivamente, habíamos recuperado nuestro nivel, y en los próximos días lo mejoraríamos sin demasiados problemas.

Pero no podía quitarme de la cabeza lo del sobre, que iba y venía como un péndulo incansable. A Andrea y Amalia sólo les producía curiosidad, mucha curiosidad, pues ellas, sobre todo Andrea, eran de lo más cotillas y una cosa como aquélla resultaba de gran interés. Pero para Rosario y para mí era distinto. El sobre era como alargar el susto de la mañana, como dejar abierto un misterio que nos llenaba de escalofríos cuando nos venía al pensamiento. Mal rollo, vaya.

A medida que se acercaba la hora de volver al hotel y de entrar en la habitación, notaba cómo me iba angustiando cada vez más. Era una angustia casi imperceptible, sorda, perdida allí dentro de mí por algún rincón, pero... real. No era la primera vez; desgraciadamente era una vieja conocida, una conocida indeseable y odiosa que me acompañaba en según qué momentos, como exámenes, pruebas y actos sociales puntillosos. Ella, la angustia, se presentaba sin decir nada, como quien no quiere hacer ruido ni molestar; a veces tardaba en darme cuenta, a veces yo misma me sorprendía pensando que no iba a aparecer, pero..., ¡error!, siempre lo hacía.

Con el tiempo, había aprendido a utilizarla, a aprovecharme del único aspecto positivo que tiene y que no es otro que el de avisarme de los peligros y los conflictos. Sí, sí, siempre que aparece, yo ya sé que he de ir con ojo, vaya, que no es uno de esos días que vienen de cara.

Ahora estaba llegando y... no me hacía ninguna gracia; decir lo contrario sería mentir.

De nuevo reunión, recuento, operación de cambio de botas, dejar los esquís, jaleo, camino del hotel, recogida de llaves.

Subimos a las habitaciones, el corazón me palpitaba más fuerte. ¡Hola, angustia!

Las cuatro copropietarias del secreto nos congregamos de nuevo en mi cama, alrededor del sobre.

Andrea metió la mano y sacó las hojas y las dos plumas. Allí, precisamente allí, nos habíamos quedado.

Al desdoblar la primera de las hojas apareció un dibujo, un dibujo muy muy envejecido, pero perfectamente visible. Casi había perdido los colores, porque había estado pintado, aunque las líneas de tinta y los márgenes se mantenían bastante bien y sin demasiadas dificultades vimos que se trataba de dos flores atadas por el tallo; a primera vista parecían dos rosas.

—¡Vaya! ¿Veis esto?

—¡Síiii! —contestamos las tres boquiabiertas—. Es verdad, ¡qué guay!

Tocamos aquella especie de pergamino sedoso. Tenía un tacto suave y agradable.

De repente, Andrea nos sobresaltó. Se nos quedó mirando a Rosario y a mí con unos ojos que daban miedo, y a la vez nos señalaba con el dedo.

—¡Las marcas! ¡Las marcas!

Inmediatamente, nos tocamos las marcas que nos había dejado el ave, aunque sin saber demasiado qué era lo que quería indicarnos con tanta insistencia.

—¡¡¡Son iguales que el dibujo!!! —dijo gritando como una loca.

Muy asustadas, corrimos al espejo del baño.

Efectivamente, las marcas, la de Rosario y la mía, eran una copia exacta del dibujo; incluso..., incluso los colores... parecían querer imitar a los de las rosas de verdad.

Amalia y Andrea hacían aspavientos por toda la habitación.

Rosario y yo... no, Rosario y yo no sabíamos qué pensar. Nos mirábamos y volvíamos a mirarnos el cuello mientras tratábamos de comprender la relación que podía haber entre aquellas hojas y nuestras pequeñas heridas.

—Yo creo que tendríamos que hablar con Mari Eli y Macu —dijo Rosario.

—¡Ni hablar! —cortó, enérgica, Andrea—. ¿Que queréis? ¿Que volvamos a casa? Porque eso es lo que va a pasar en el momento que se lo expliquemos: médicos, hospital, análisis, estancia en observación...

—Pero, mujer...

—¡Pero nada!

—Es que...

—Es que... ¡estáis asustadas!

—Yo estoy preocupada.

—Yo también.

—Esto es una pasada, tías, algo así no sucede todos los días. Tenéis que reconocer que tenemos mucha suerte.

—Sí, como tú no tienes las marcas...

—Pero... ¿os duelen?

—No, pero este sobre y las hojas...

—¡Ostras! ¡Si todavía quedan hojas por abrir! Venid.

El descubrimiento de Andrea había eclipsado por un momento el propio sobre.

Conteniendo la respiración y con mucho cuidado, desdoblamos la segunda de las hojas. Estaba escrita. Quizá mejor habría que decir que lo que estaba era dibujada, porque las letras estaban trazadas con mucho detalle y eran bastante grandes. Además conservaban algunos colores, especialmente en la capitular.

—Esto está en latín, ¡seguro!

—Sí, seguro seguro.

—Se puede leer bien, lo que no sé es... si entenderemos lo que dice.

—¿Y la otra? ¡Vamos a abrirla!

Y la abrimos, nada podría haberlo impedido. Esta última no llevaba nada escrito ni tampoco dibujado. Su centro estaba completamente ocupado por lo que parecía una gran mancha de sangre, seca y negra, antigua como todo el contenido.

—¡¡Vaya!!

—Es...

—Yo creo que... sí.

—¿Hay algo más?

—No —dijo Amalia mientras rebuscaba dentro del sobre, y hasta lo puso boca abajo y todo—, no hay nada más.

El conjunto no era gran cosa: dos plumas, un dibujo, un escrito y una mancha de sangre.

De no haber sido por el suceso de la mañana, podríamos haber creído que se trataba de una especie de broma y no nos habría llamado más la atención, pero... incluso Andrea tuvo que admitir que... ya no se sentía tan tranquila y que la cuestión había perdido la gracia, eso sí...

—Esto es un secreto entre nosotras y nadie tiene que saber nada hasta que averigüemos de qué se trata. ¿Ha quedado claro?

No, claro no nos había quedado, decir otra cosa sería mentir, porque... ¿qué era aquello? ¿Qué relación —porque había una relación, eso no hacía falta que nos lo dijese nadie— había entre el sobre y nuestras marcas? ¿Quién lo había dejado en nuestra habitación? ¿Qué quería de nosotras?

—Ostras, tengo miedo.

—Yo no sé si podré dormir esta noche.

—Ni yo. Escucha, Andrea, yo creo que… tendríamos que decírselo a Macu o a Mari Eli, podría ser que…

—No, si ya veréis como al final la cagamos, ya veo que con vosotras no hay manera.

—Mira, si tú tuvieses también en el cuello este tatuaje, ya veríamos lo que dirías.

—Eso, eso —apoyaba Rosario—, ya veríamos.

—Escuchadme, esto es un mensaje. No sé de quién ni de qué, pero se quieren comunicar con nosotras. Tenemos que saber lo que dice la hoja escrita.

—¡Me parece que corres demasiado, Andrea!

—¡Y vosotras no os movéis!

—Pero somos María y yo quienes tendríamos que decidir, ¿no?

—Eh, eh..., que la habitación es de las cuatro.

—La habitación sí, pero el problema no.

—¡Menudas amigas! Hay que ver: una sólo quiere ayudar y vosotras sólo ocultáis el problema. ¡Qué bonito!

(A Andrea, estas declamaciones, porque lo dijo como si se tratase de un discurso de ésos serios llenos de palabras importantes en las que casi no se las cree ni quien las dice. Estas declamaciones, digo, le salían de primera. Razón, no la tenía casi nunca, pero... solía convencer al personal.)

—Bueno —aceptó Rosario—, pero sólo esta noche, y si mañana no hemos conseguido aclarar nada, yo hablo con Macu.

—Sí, hija, sí, no sea que se vaya a acabar el mundo.

—Oye, Andrea, no te hagas tanto la chula, que bien que lloraste en aquella acampada en la que nos salió un jabalí.

—¿Y eso a qué viene ahora?

—Viene a que vas demasiado de enterada.

—Mira, María, a veces pareces una imbécil, ¿sabes?

—Tú, en cambio, no lo pareces, tú eres una imbécil.

—¿Sí? ¿Y qué más?

—Pues te diría más cosas, pero no quiero llegar tarde a la discoteca, y quizá allí se me ocurra algo más. ¿Venís?

Rosario dijo que sí, Amalia también, y Andrea…, Andrea, al verse en minoría, maniobró con habilidad.

—Bueeeeno, de acueeeerdo. Si mañana no hemos aclarado nada, se lo comunicamos a Mari Eli y Macu.

Enseguida, cambiado ya el chip, retomó su tarea de liderar el grupo (con carácter voluntario y unilateral, es decir, no validada por ninguna votación).

—Amalia, ¿qué vas a ponerte para ir a la discoteca? No me digas que llevarás el pantalón negro, no me lo digas, por favor.

—¡Me pondré lo que quiera!

—¡Chica, cómo te picas! Yo te lo digo porque luego te pasas toda la noche diciendo que si no te gusta como te has vestido, que si no te ayudo, que si siempre vas igual... ¿Sabes lo que te digo? Que vayas como te dé la gana, pero a mí no me dirijas la palabra.

—Escucha, Andrea, ¿por qué no te pierdes un rato?

La noche se presentaba bonita. Concordia, armonía, amistad...

Media hora más tarde, y perfectamente arregladas, nos dirigíamos a la discoteca. Nos mirábamos, nos volvíamos a mirar, hasta el más pequeño de los detalles había sido el resultado de una preparación cuidadosa destinada a gustarse y gustar.

Y bajamos en dos grupos. Por un lado, Rosario, Amalia y yo; por el otro, Andrea.

No era una situación nueva, se había repetido muchas veces y siempre por motivos parecidos a los de esa tarde. Sabíamos también que no le duraría mucho, porque Andrea era impermeable a aquellos desplantes del grupo, como si le rebotasen. Los encajaba con tanta naturalidad que ni los sufría. Muchas veces he pensado que me gustaría ser como ella y poder pasar con la misma facilidad de todo lo que me afecta.

La discoteca estaba ya hasta los topes cuando llegamos. Casi no se veía a más de un metro y medio de distancia. La música cañera y la gente de lo más animada. Mezclados entre todos y todas, se podían ver grupitos de ingleses que iban a su bola.

Pero las cosas no sucedieron como nos habíamos imaginado. Nos pudo la preocupación y no conseguimos dejar de lado el tema que nos obsesionaba.

Bailar..., no bailamos demasiado. Fue una lástima, con la de tiempo que habíamos dedicado a arreglarnos. Como obedeciendo a un acuerdo establecido, nos sentamos alrededor de una de las mesas, en uno de los sofás que formaban como reductos aislados en aquella confusión. Pero a cada minuto nos interrumpían nuestras amigas y teníamos que decir que no queríamos bailar, que no nos apetecía, que mañana, que…

Andrea también aparecía; hacía como las mariposas que, movedizas, van y vienen. En uno de sus regresos, parece que decidió que los morros se habían acabado y, como si nada hubiese pasado (y realmente no había pasado gran cosa), se integró en la conversación.

—Amalia, hija, podrías bailar un poco, seguro que así encuentras pareja. ¿Y vosotras? ¿Qué hacéis aquí sentadas? Cuantas más vueltas le deis, peor.

Creo que podríamos haberla enviado a paseo perfectamente, con toda la razón y sin ningún remordimiento, pero… tratándose de

Andrea, no habría servido para nada, absolutamente para nada. Así, sólo le dedicamos un gesto que venía a resumir lo que os acabo de contar.

—Aquí ya estamos bien —dijo Rosario en un tono seco y definitivo.

—Chicas, chicas, que yo lo decía para ayudar.

Silencio.

—Mirad, si pensáis que no vais a poder dormir, pues... se lo contamos a las *profes* y ya está, aunque... yo os creía un poco más valientes.

(Sí, sí, era borde como ella sola, no se podía decir otra cosa.)

—¿Hasta qué hora podemos estar esta noche en la discoteca?

—Creo que hasta la una.

—Falta media hora.

—¿Qué hacemos?

—Pues... yo creo que quedarnos, porque arriba... nosotras solas...

—Sí, más vale que nos quedemos.

—Escuchad —dijo de nuevo Andrea—, tendremos que pensar en encontrar a la persona que nos pueda traducir lo que dice el papel, quizá alguno de estos profesores sabe latín.

—Podría ser, pero no es cuestión de plantarle el texto delante y pedirle si sería tan amable de decirnos lo que pone, eso sería sospechoso.

—Yo creo que lo que tenemos que hacer es dejar las cosas como están —dijo Amalia—. Lo que ha pasado ya ha pasado, mañana será otro día. Ya veréis como a partir de ahora ya no ocurre nada más.

La una. Mari Eli y Macu comenzaron a llamarnos. No hubo protestas, porque los mismos monitores dieron la fiesta por acabada y se despidieron hasta el día siguiente. Todo correcto.

—Cada cual a su habitación, dentro de diez minutos pasaremos a buscar las tarjetas.

La rutina se había impuesto, y parecía que todo el mundo se adaptaba. Ninguna reclamación.

Entramos en la habitación. La puerta de la pequeña terraza estaba entornada, nos dimos cuenta al momento.

—¿Quién ha salido antes de irnos?

—Yo salí ayer, pero hoy... no.

—Ni yo.

—Pues igual se quedó ayer mal cerrada.

—Yo la he cerrado antes de salir, estoy segura —dijo Rosario.

—Entonces...

Un escalofrío nos recorrió de arriba abajo. Efectivamente, aquel «entonces» abría el cajón del miedo. El caso es que antes no nos habíamos preguntado quién había traído el sobre ni por dónde había entrado, pero ahora...

Amalia dijo que teníamos que avisar a Mari Eli.

—Un momento, un momento. ¿Qué vas

a decirle? ¿Que nos hemos encontrado abierta la puerta de la terraza?

—No, voy a decirle que tenemos un sobre extraño.

—¿Y si, como dice Amalia, ya no pasa nada más?

—Me da igual, a mí esto no me gusta nada, esta noche no voy a poder pegar ojo.

—¡Mira que sois pánfilas!

—Puedes pensar lo que quieras, nosotras vamos a contárselo a Mari Eli y a Macu.

Rosario y yo no decíamos nada, estábamos en medio y... ¿No dicen que quien calla otorga? Pues mientras callábamos, le dábamos la razón a Andrea.

—Intentemos por lo menos saber qué dice la carta y luego hacemos lo que queráis. Sólo os pido eso.

—Pero si no lo descubrimos, hablamos con Macu.

—Va, María, ve a buscar el sobre.

Yo lo fui a buscar y enseguida comprobamos que no estaba como lo habíamos dejado hacía un rato. Asustadas, sacamos las hojas de nuevo y, una vez las tuvimos sobre la cama, nos invadió la sorpresa al ver que había una nueva hoja.

—Eh..., esto no estaba antes.

No, no estaba. Alguien la había puesto allí mientras nosotras estábamos en la discoteca. Eso explicaría el hecho de haber encontrado la terraza abierta. La nueva hoja era muy distinta a las otras, era una hoja de papel blanco, actual. Estaba escrita, así que nos precipitamos a leerla.

Decía:

«Espíritus blancos de tierras hermanas llegarán pasado el milenio. Espíritus blancos y limpios que, al recibir el signo de Arnaldo, lavarán con sangre la memoria de los traicionados y traerán la paz a sus almas enlutadas. Bajo el cielo azul, sobre la fría nieve, sobre esta tierra sagrada volará de nuevo el ave negra.»

—¡Mi madre!

—¿No queríais la traducción? Aquí la tenéis.

—Quieres decir que…

—Pero…

Ciertamente, había muchos «peros» que hacer y que plantear. Aquello empezaba a liarse y a tomar un cariz que…, bueno, que un poquito de miedo sí que daba. Las palabras de la traducción, que ésta es otra, tendríamos que pensar que aquello era la traducción, las leímos como veinte veces. Vaya, nos las aprendimos de memoria. Incluso sonaban bien. Estaban escritas a mano, con letra no demasiado experta. Quizá quien las había escrito no escribía a diario.

Yo incluso llegué a pensar si no habría sido Andrea, pero aquél no era ni mucho menos su estilo, y además, no acababa de creerme que fuese capaz de hacer algo así.

—Los espíritus blancos somos nosotras —dijo Andrea.

—No lo sabemos, y en todo caso, serían Rosario y María.

—Mujer…, la carta nos la han dejado en la habitación.

—Sí, pero las marcas en el cuello las tienen ellas.

¡Las marcas! Había pasado casi toda la noche sin acordarme de ellas. Pero así era, las marcas estaban en el cuello, casi imperceptibles, muy discretas, pero… allí estaban.

Confusión, mezcla de pensamientos, dudas, incredulidad, historias que venían al pensamiento, escalofríos, indecisión…

—Está claro que nos hemos metido en un mundo mágico y de leyenda —dijo Andrea con una convicción absoluta.

—Ya, podría ser.

—¿Cómo que «podría»? Es evidente que nos hemos metido en una leyenda de venganzas y de muertes.

—Por favor, Andrea, calla, que me está entrando mucho miedo.

—Eso no cambiará las cosas. Lo que tenemos que hacer es mantenernos unidas y ver cómo debemos actuar.

—¿Cómo debemos actuar? ¿Qué quieres decir con eso?

—Pues... yo creo que... Rosario y María...

—Rosario y María, ¿qué?

—No lo sé y no quiero meter la pata, pero todo parece indicar que...

—Escucha, Andrea, ya está bien, ¿quieres decirnos de una vez lo que estás pensando?

—Pues... yo creo que alguna fuerza antigua y secreta os ha elegido para hacer algún tipo de justicia o algo parecido, ¿o no pensáis lo mismo después de haber leído la traducción?

Había que aceptarlo, sí. Después de leer aquellas líneas, todo hacía pensar en que Andrea estaba cargada de razón.

—¿Y por qué a nosotras?

—¡Ay, hijas, quién sabe! El caso es que

parece que os acaban de encomendar algún tipo de misión y seguramente no podéis decir que no.

—Pero..., pero... si nosotras no... —dijo Rosario atemorizada, incapaz de estarse quieta.

—Tranquilas, tías, ¡esto sí que es una aventura de las de verdad!

—¿Una aventura? Escucha, guapa, ya podrían haberte cogido a ti, ¡y entonces hablaríamos de aventuras!

—¡Pero cómo van a cogerla a ella! —saltó Amalia—. ¿No habéis leído que pone «espíritus blancos y limpios...»? Está claro que ella no encaja en la descripción.

—Mira, Amalia, a veces me cargas un poquitín, ¿sabes?

—Pues mira, tú a mí... ¡siempre!

—Ten amigas para esto.

—No sé si hacemos bien callando.

—¡Pero qué hatajo de tontas! A ver, se lo decimos a Mari Eli y a Macu, ¡ya está! ¿Creéis que así van a cambiar las cosas? ¿Y creéis que así vais a dejar de ser las elegidas que dice en la hoja, que no vais a ser ya los «espíritus blancos y limpios»?

—Será todo igual, eso sí, mucho más liado, y además, perderemos el control.

—¿El control? ¿Qué control?

—Este tema lo llevamos nosotras, lo tenemos controlado, ¿no lo veis?

—¿Que lo tenemos controlado? Yo no veo que controlemos nada. Nos han enviado un sobre con unos papeles y ahora nos hemos encontrado la puerta de la terraza abierta y otra hoja. ¿Qué es lo que dices que controlamos?

—Está claro que quien ha enviado el sobre y quien ha entrado, que seguramente es la misma persona, nos ha elegido y confía en nosotras.

—Que confía en nos..., anda, tía, ¡has visto demasiadas películas!

—Mirad, mañana seguro que nos hace llegar algunas instrucciones. Si ya veréis como al final será sólo cuestión de celebrar algún tipo de ritual, o decir unas oraciones, o algo así.

—¿Y tú qué sabes?

De repente, el tono de las palabras de Andrea cambió.

—Yo, nada, absolutamente nada —dijo—, pero tengo la impresión de que alguien os necesita y os está pidiendo ayuda, y aún más, creo que hace mucho tiempo que os espera. No podéis cerrar los ojos y dejarlo de lado. Aunque no os lo creáis, yo no sería capaz de olvidar esas hojas, ni lo que dicen. Además..., Amalia y yo os ayudaremos en todo, ¿o no lo sabéis?

No era habitual que Andrea hablase con la seriedad con la que lo acababa de hacer. Se puede decir que lo hacía de Pascuas a Ramos, pero entonces, cuando lo hacía..., le salía del corazón y a nosotras nos llegaba bien dentro, y ya era imposible llevarle la contraria o ignorarla.

—No…, si ya…, si nosotras…

—Pues nada, chicas, ahora a dormir, y mañana ya veremos cómo amanece.

Y mira, eso mismo es lo que hicimos. Nunca me hubiera imaginado que aquella noche podría caer redonda en la cama y dormirme al instante, pero…, lo que son las cosas, las palabras de Andrea nos habían unido, y al sentirnos juntas, nos sentimos tranquilas y confiadas. Parece que tanto como para poder cerrar los ojos y no oír nada más. El cansancio del día también contribuyó. ¿Quién podría decir que nuestra amistad no era firme, a pesar de las peleas permanentes y casi eternas?

3
Tercer día

El ritual se volvió a cumplir. Ahora salía casi maquinal: llamadas a la puerta para despertarnos, prisas en el lavabo, bajar a desayunar, los ingleses siempre por el medio..., recuento, caminar a la jaula, jaleo de botas y esquís, monitores buscando a sus grupos.

—Ya lo sabéis, al acabar las clases todo el mundo aquí.

¿La noche? Pues..., bueno, nada nuevo, habíamos dormido de un tirón, sin interrupciones reseñables, excepto que Rosario ronca un poco.

¡Los telesillas! Todavía nos daba algo de miedo el de dos asientos. Se ve que Alfonso lo adivinó y, sin darnos tiempo a pensar más, gritó:

—Hola, chicas, ¿habéis dormido bien? Os hará falta, porque iremos muy arriba. ¡Todo el mundo al telesilla de cuatro!

El grupo recibió la orden con alegría. Las pistas de arriba, de las que ya teníamos noticia desde el año pasado, eran una especie de mito que no habíamos podido conseguir, porque quedaban más allá de nuestro nivel de esquí.

El telesilla de cuatro acababa en una estación intermedia, desde donde se enlazaba con otro que remontaba la última pendiente de la montaña. Un denso silencio nos invadió. De repente volví a sentir miedo, aunque no era un miedo como el del día anterior; éste era un miedo a lo desconocido que se abría ante nuestros ojos, picos, cimas, sierras que se extendían hasta donde se perdía la vista, inalcanzables, blancas, inmensas. Era de nuevo aquella sensación de pequeñez.

El día, mira, no era el de ayer, se veían nieblas más abajo, en la vertiente norte, pero se alternaban con grandes claros de azul liso, de un azul intenso y rabioso. A la altura que estábamos el aire era de una fineza ligera, había que ver cómo rascaba. Aun llevando gafas de «*ventrisca*», como decía Eloy, las lágrimas se me escurrían por las mejillas.

Finalmente, llegamos a un lugar en el que la propia montaña se acababa, y todo lo que podíamos ver quedaba por debajo. ¿Era quizá uno de los paisajes más impresionantes que había visto jamás? Sí, sin duda.

Enseguida estuvo el grupo al completo y Alfonso nos informó de lo que íbamos a hacer.

—Haremos un descenso tranquilo hasta la base. Mucho cuidado con las placas de hielo, ya sabéis que os podéis resbalar y las caídas duelen. Iremos siempre por donde dé el sol, pero aun así podemos encontrar algo de hielo. ¿Entendido?

—Eh, Alfonso, cogeremos velocidad, ¿verdad? —preguntó Paula.

—¿No me has oído? Llevaremos un ritmo intermedio. Dentro de un rato, la nieve ya estará pisada por otros grupos y podremos deslizarnos sin tener que vigilar el hielo. ¡Habrá tiempo para todo!

El grupo no era muy numeroso: once en total. Siete de nuestro colegio; de los otros, dos creo que eran de Barcelona, y los otros dos, ingleses. No sé cómo lo hacían, porque no hablaban nada de español, pero seguían al grupo sin demasiados problemas. Además, vistos así, es decir de cerca, no parecían tan ingleses; bueno, ingleses sí que eran. Lo que quiero decir es que, mira, hasta me caían bien, se comunicaban como podían y seguían las bromas como si fueran uno de nosotros.

Iniciamos el descenso, yo ya tenía ganas, pues una de las cosas que más odio son los momentos previos a cualquier descenso, especialmente los que se hacen a media pista para reagruparnos o para recibir las instrucciones de un nuevo ejercicio. Son momentos de cierta duda que no me gustan, es aquello de: ¿lo haré bien?, ¿podré?, ¿seré capaz?, mira que si no... Además, me estaba quedando helada.

Pero fue una preocupación innecesaria, porque enseguida cogí el ritmo y, como vi que dominaba los esquís, empecé a divertirme.

Era una pista roja, aunque nos pareció negra. ¡Menudas pendientes! Alfonso, que iba delante, claro, nos gritaba de vez en cuando:

—¡Atencióoon!

Nosotros atendíamos, pero sin pararnos demasiado. Hubo un par de resbalones algo escandalosos, aunque tampoco demasiado. A medio descenso, nos reunimos con Alfonso porque pensó que estaríamos «algo cansados». Pero como resultó que no lo estábamos, continuamos hasta la base sin ningún problema.

—Otra vez, ¿no?

—¡Sin pensarlo dos veces! Arriba de nuevo, que ahora ya podemos coger más velocidad. ¡Estarás contenta, Paula! —gritaba Alfonso—. Como os veo con ganas, bajaremos una pista más difícil. Quería dejarla para mañana, pero vais bien. ¿No os da miedo el color negro, verdad?

—No, ¿por qué?

—Porque... vamos a bajar una pista que tiene dos tramos considerados como negros.

—¡Bieeeen! ¡Genial! —gritó el grupo.

Nuria y Nazaret se encargaron de comunicárselo a los ingleses en un depurado inglés que utilizaban acompañado de una especie de versión del lenguaje para sordos, y que, mira por dónde, debía de funcionar, porque al momento se pusieron la mar de contentos.

¡Igual habían entendido que se iba a repartir chocolate caliente!

Sin ningún inconveniente, llegamos de nuevo a la cima. Alfonso nos reunió para decirnos:

—Quizá me he precipitado. Lo intentaremos si me prometéis no hacer ninguna locura.

—Tranquilo, que no haremos nada raro —dijo Andrea (sin que nadie se lo hubiese pedido y sin consultarnos a los demás).

—No sé, no sé...

—No te preocupes, verás como no te fallamos.

—Bueno, va —contestó Alfonso, no demasiado convencido—. Nuria y Nazaret, decid a los ingleses que tengan cuidado.

No hizo falta, habían hecho una traducción casi simultánea y estaban enterados (qué maravilla lingüística la de aquellas chicas).

Y..., bueno, allá fuimos. El descenso, con algo de inquietud por nuestra parte, porque una pista negra era mucha pista, se mirase como se mirase, empezó. Alfonso trazó las primera curvas y el grupo le siguió. Rosario y yo fuimos las últimas, cosa que no me hizo ninguna gracia. Fue culpa de Adán, que, al ver que me costaba meter una bota en los anclajes de los esquís, aprovechó para colarse.

Le dije que no, que Alfonso nos había advertido que no nos adelantásemos los unos a los otros, pero como es un imbécil, el pobre...

Todavía no habíamos hecho ni cien metros cuando otro grupo coincidió con el nuestro en el descenso. Era un grupo de unos catorce o quince miembros y, sin querer, nos mezclamos. Como iban con las mismas precauciones que nosotros, la velocidad era muy parecida y la mezcla se mantuvo, creando un grupo muy numeroso que cerrábamos Rosario y yo.

La pista, efectivamente, era negra, y además, se hizo estrecha. Tanto, que hacía falta emplearse a fondo para no caerse. Como parece ser que no todo el mundo se empleaba a fondo, hubo bastantes tortazos, tortazos sin demasiada importancia, pero que fueron rompiendo el grupo y formando otros más pequeños. Los monitores debieron de pensar que no era buen momento para hacer paradas y para reunir al personal, así que no nos quedó más remedio que continuar el único camino posible.

Pero..., aunque no demasiado, había hielo, sobre todo en los rincones más sombríos de la pista. No sé cómo pasó, porque estas cosas son muy rápidas y sólo te das cuenta cuando ya te has caído, el caso es que un resbalón en el hielo me hizo perder el control y me salí de la pista hacia el lado izquierdo, donde se abría una pendiente boscosa que quitaba el hipo.

Lancé un grito, uno de esos gritos desesperados, fuertes y escandalosos, mientras rodaba unos metros por el talud empinado. Aunque no os lo creáis, Rosario no me oyó, vaya, ni Rosario ni nadie. Los esquís, por suerte, se me saltaron; uno había quedado a dos o tres palmos de mí, y el otro, un poco más lejos. Daño, lo que se dice daño, no me había hecho, aunque sentía, eso sí, dolores por todo el cuerpo, un poco en la pierna izquierda, algo indefinido en el costado derecho, una mano…, seguramente, nada importante.

Nada más levantarme, encontré las gafas, que con el golpe había perdido, y recogí los esquís como pude. Suponía que el grupo me estaría esperando un poco más abajo, y que Alfonso vendría a buscarme. Ningún problema. Además, como nadie había visto la caída, mi fama de buena esquiadora se mantendría intacta. Bastaba con volver a la pista. Vi que la forma más sencilla era dar unos pasos hacia la derecha, para dejar a un lado un abeto que me dificultaba la llegada. Fácil.

Fácil… es un decir, porque cuando estás sobre la nieve, todo lo que sabes de los movimientos no te sirve de gran cosa. Intenté moverme como si estuviese en tierra firme y el problema era que no pisaba tierra firme. Mal hecho, porque en vez de ir hacia arriba resbalé y caí todavía más abajo por entre los abetos que crecían allí. Cuando finalmente uno de ellos me detuvo (y no de manera amable, como os podréis imaginar), me encontraba en medio de un bosque. Mirar hacia arriba me desanimaba, no veía cómo iba a poder subir de nuevo, la pendiente era excesiva, y con las botas de esquiar y los propios esquís, mis movimientos se parecían mucho a los que haría un pato mareado.

¿Dónde se había metido Alfonso? Le llamé:

—¡¡¡Alfoooonso!!! ¡¡¡Alfooooonso!!!

Lo tenía claro. Nada de nada.

¿Hace falta decir que empecé a asustarme? Pues sí, es más, me cogió un auténtico pánico, me sentía perdida y abandonada en un medio del que lo desconocía casi todo.

Como no podía subir, lo único que se me ocurrió fue ir bajando con mucho cuidado, a ver si llegaba a alguna parte. Me pareció la única salida posible.

No lloré, a veces lloro con mucha facilidad, pero entonces no lo hice. Parece, y digo «parece» porque no recuerdo con demasiada claridad los sentimientos y las emociones que me llenaban el ánimo en aquellos momentos, sólo que… el miedo me dominaba, y quizá el mismo miedo no me dejaba llorar. Recuerdo, eso sí, una sensación de angustia, como la que debe de sentir un animalito al verse preso en una jaula, sólo que mi jaula era inmensa, no había techo y los barrotes eran troncos. ¿Cómo se salía de allí?

La situación resultaba todavía más difícil al llevar los esquís al hombro, y además sin tener demasiada práctica, cosa que hacía que se me abriesen a cada momento como tijeras hambrientas.

Bajaba resbalando y tropezando con las piedras que escondía la nieve. Los troncos me servían de cierta ayuda, pues me ofrecían apoyo, aunque tampoco mucho, ya que las ramas bajas molestaban, pero, en resumidas

cuentas, iban deteniendo lo que habría podido ser una bajada sin control.

Sólo una cosa podía complicarme la situación y hacerla todavía más desastrosa: la niebla. Cuando empecé a notarla un poco, no quise aceptarlo, no podía ser, no, ¡nunca! Pero fue que sí, y una niebla, eso sí, no demasiado espesa, se fue infiltrando por entre aquel mundo salvaje, convirtiéndolo en un mundo tétrico.

Yo seguí bajando, ahora con prisa, queriendo salir, llegar a un lugar habitado. Sin embargo, cinco minutos más tarde, o quizá fueron diez, no puedo recordarlo con precisión, me encontré en lo que parecía el fondo de un barranco. Si quería continuar bajando, tenía que tomar el propio lecho de lo que sería un torrente al fundirse la nieve. Tenía el corazón acelerado, llamé desesperada a Alfonso, pero mi voz se perdió ahogada por las laderas y por los árboles que sobresalían de la niebla indefinida, unos árboles que ya no sabría decir si eran acogedores o amenazantes.

Perdida, estaba muy perdida.

Los esquís me resultaban cada vez más incómodos de llevar por aquel paraje fantasmal, las botas me dificultaban la marcha. La situación era preocupante.

De repente, por el lado derecho de aquel torrente, se abrió una especie de pendiente más suave, por donde la niebla parecía clarear. Por instinto, la seguí. No había camino, ni senda, sólo nieve, árboles y matorrales que salían de la nieve como si los hubiesen plantado dentro de ella. La niebla empezó a levantarse, y eso me animó mucho, pues no hay nada que me asuste más que ir a tientas, y sobre todo por la montaña.

Hubo un momento en el que incluso vi de nuevo el sol. Fue una sensación muy agradable, como la de volver a un mundo conocido, porque en ese instante las cosas recuperaron su aspecto normal, el que las hacía identificables. La luz me reconfortó, y respiré con más tranquilidad.

Continuaba perdida, pero ante mí ahora se abrían un valle y montañas y tierras inacabables. En otras circunstancias, aquella visión me habría encantado y quizá me habría quedado contemplándola un rato, pero en estos momentos no podía saborearla.

Abajo, en el valle, se veían pueblecitos y carreteras, pero todo estaba muy lejano. Cerca de donde me encontraba no se veía ningún telesilla ni nada que recordase a una estación de esquí. ¿Dónde había ido a parar? ¿Cómo es que Alfonso no me buscaba?

Me detuve en el centro de una especie de claro del bosque, y me senté sobre la nieve, aunque sería más adecuado decir que me dejé caer, a plomo, desesperada.

Así estaba cuando me quedé boquiabierta al descubrir entre los abetos, a unos cuarenta metros de donde me encontraba, lo que parecía una construcción.

Miré con más atención y..., sí, parecía una especie de ermita.

Me acerqué. Era un rincón perdido entre las montañas nevadas. Efectivamente se trataba de una ermita y, por lo que se podía distinguir a simple vista, bastante bien conservada. Enseguida me vino a la cabeza una palabra: «románico». Jaime, el profesor de Sociales, se habría puesto de lo más contento al ver la facilidad con la que había reconocido el estilo románico auténtico, sí (aunque si él supiese la gracia que me hacía el románico en aquel momento...).

Vista de cerca, ya dejaba notar las heridas del tiempo, porque entre la sillería se veían grietas y el techo había cedido un poco. La puerta principal estaba cuarteada, y permitía distinguir el interior sin necesidad de entrar.

Di una vuelta completa al perímetro del templo. Ciertamente había sido una construcción sólida, hecha para atravesar los siglos y soportar la nieve y el viento.

Entonces, noté un leve picor en el cuello. Instintivamente, levanté la mano para rascarme y… era la marca, la marca de la que hacía horas que no me acordaba. Y sí, me rasqué, pero el picor no desapareció. Algo sorprendida, me quité los guantes para tener más sensibilidad, y entonces, con la yema de los dedos, noté que aquella especie de flor estaba algo irritada, se había inflamado y había adquirido relieve.

«Debe de ser que me he acalorado», pensé.

La situación me mantenía el corazón en un puño, y cualquier ruido me sobresaltaba. A veces, el silencio puede aplastarte con su quietud obsesiva, hasta convertirse en una losa de la que te cuesta mucho salir. Así me encontraba yo, cuando de repente ocurrió algo que me produjo tal escalofrío, que creo que se me quedó la carne de gallina para siempre. ¡Como os lo digo!

Un graznido feo y ensordecedor llenó aquel

rincón del bosque. Un graznido tan inesperado y retumbante que me dejó quieta, inmóvil y más muerta que viva.

Pero fue al ver de nuevo el ave enorme y negra del día anterior saliendo del interior de la ermita y viniendo amenazadora hacia mí, cuando estuve a punto de perder el conocimiento o de morirme de miedo (porque yo he oído decir que de miedo se puede morir una). Parece que aquello que llaman instinto de conservación hizo que me llevase las manos a la cara para protegerme. Pero el ave inició un vuelo circular por encima de mi cabeza, sin acercarse en ningún momento, mientras graznaba con un ruido áspero y estremecedor. No podía huir, estaba cansada, las botas me pesaban muchísimo y no tenía ánimos. Además..., ¿adónde?, ¿adónde podía huir?

Pensé que si me atacaba casi no me podría defender, y que aquella ave monstruosa me mataría.

Pero..., ¡lo que son las cosas!, ¿podéis creer que en aquellos instantes tan intensos dejé de tener miedo? De repente, una especie de serenidad me invadió, y pude contemplar el vuelo del ave sin temer nada de ella, como si se hubiese convertido en una aliada y no en un peligro. Incluso me di cuenta de mi reacción y me provocó sorpresa.

Notaba cómo me iba serenando cada vez más y cómo me encontraba confortada y a gusto, allí donde poco antes había pensado que no lo iba a contar.

El ave fue descendiendo poco a poco y acabó posándose en una rama larga y gruesa de un árbol que crecía muy cerca de la ermita.

Dejé los esquís en el suelo (ésta es otra, a aquellas alturas todavía estaba yo con los esquís al hombro como quien hace penitencia), y lentamente, me encaminé al templo. No habría sabido expresar por qué me sentía ahora atraída por aquella pequeña iglesia.

El ave no graznó más, se quedó quieta en su atalaya, mirándome. En el momento en que crucé la puerta, levantó el vuelo para situarse en el tejado, desde donde podía verme a través de los agujeros de la cubierta.

El interior dejaba adivinar lo que había sido en otro tiempo un pequeño templo de montaña, de cuidadosa construcción. De nuevo comprobé que era claramente una ermita románica, una muestra perfecta de ese estilo, de proporciones armónicas; hasta yo podía darme cuenta. Por los ventanucos entraban débiles rayos de sol, que iluminaban la nave de una claridad temerosa que encantaba y acogía. En aquel espacio, noté lo que se llama paz, una paz que llenaba la estancia y que... que te envolvía y..., no soy capaz de explicarlo.

Fui avanzando hacia lo que había sido el altar mayor. Lo hacía poco a poco, mirándolo todo entre sorprendida y admirada. El ave, cada vez que me paraba, soltaba un graznido débil, que a mí me parecía de reprobación, como cuando Mari Eli y Macu nos meten prisa para llegar a tiempo a alguna parte.

De repente, intuí que quizá el ave quería que llegase al altar mayor.

—¡Vaya! —dije en voz alta.

Era cuestión de diez o doce pasos, o sea que, ahora un pie, luego el otro, me fui acercando. Entonces...

A los pies del altar, justo debajo, se veían dos losas de piedra, similares a las que había en la iglesia de nuestro pueblo y también en la catedral de Valencia, que visitamos el año pasado, y que eran tumbas de monjes o de frailes.

Como para mí resultaba normal que en las iglesias hubiese tumbas, no le di demasiada importancia, cuadraban con el lugar. Intenté distinguir las letras esculpidas sobre aquellas losas, pero desistí enseguida en aquel punto; la luz era insuficiente, y además, estaban prácticamente borradas.

Iba a dar media vuelta, dispuesta a salir y regresar a mi inquietante realidad, cuando... una de las lápidas me llamó la atención. Fue un relieve en la piedra, un relieve que me resultó familiar. Me acerqué y..., sí, ¡aquel relieve era idéntico al dibujo que yo llevaba en el cuello!

Un escalofrío me recorrió todo el cuerpo, porque algo me decía que todo aquello podría formar parte de lo mismo. Me refiero a aquella ermita, al escrito y las palabras. Sentí que la cabeza me daba vueltas, era una mezcla de sensaciones y emociones demasiado intensa para mí.

De repente, me fijé en que la rosa esculpida cambiaba de color, como si se estuviese mojando con agua caída del techo. Pasé la mano por encima, pero al tacto no me pareció agua. Me miré los dedos, y... el miedo se volvió horror: ¡era sangre!

Di un grito y salí despavorida del templo. La serenidad y la paz de hacía unos minutos se habían vuelto ahora pánico y desasosiego. El corazón me latía desbocado.

—¿Qué significa esto? —dije, o pensé, no lo recuerdo.

Fuera, la niebla había desaparecido y el sol había tomado posesión de las tierras. Hacía frío, eso sí, pero se podía soportar.

La luz del día me tranquilizó un poco. Sólo un poco.

«¿Por qué me está pasando esto a mí? ¿No será un sueño?», pensé.

El ave continuaba fuera. Ahora había vuelto a la atalaya del árbol, y se mantenía silenciosa y quieta. ¿Qué hacía allí? ¿Por qué no levantaba el vuelo?

Miré hacia el lugar por donde había llegado, y a duras penas era capaz de recordar el camino de vuelta y el punto exacto donde me había salido de la pista.

¿Estarían buscándome? Sí, claro, porque haría rato que, sobre todo Rosario y Alfonso, se habrían dado cuenta de mi ausencia.

¿Qué hacer? Si volvía atrás, aparte de agotarme más, quizá me perdería del todo. El caso era que..., bueno, si me quedaba allí, igual no me encontraba nadie, y entonces...

La sangre de la lápida me producía escalofríos, no podía pensar en su origen, no quería pensar, aunque..., ¿el ave? Había estado en el techo todo el rato mirándome con insistencia, podía ser que..., sí, tenía que ser eso, debía de estar herida; de otra manera no cabía ninguna explicación, vaya, ninguna explicación que yo pudiera admitir, quiero decir.

Así, me fui acercando de nuevo a la ermita. Tan pronto como entré por la puerta, el ave se volvió a situar en el techo en actitud vigilante, mientras soltaba de vez en cuando aquellos graznidos que ya empezaban a resultarme familiares.

Lentamente, fue cobrando forma una idea en mi cabeza, una idea que empezó como un murmullo, pero que no tardó en tomar cuerpo. Una idea que me decía que mi salida de la pista podía haber sido provocada, y que mi hallazgo de la ermita no había sido una casualidad. Sí, cada vez entendía más que estaba siendo guiada, o conducida, no sé. El ave, ¡aquélla era la clave de todo!

El altar de la ermita, aquel altar de piedra, tenía que ser el centro de la historia. Por algún motivo desconocido para mí, allí, bajo el techo medio hundido, tenía que esconderse la razón del sobre y de su mensaje.

Cuando llegué al mismo sitio de donde había salido huyendo antes, miré con detenimiento las manchas de sangre. Eran las mismas y estaban igual. Miré el ave. Ahora se había posado en otro sitio, y continuaba mirándome de la misma forma fiera, con ojos fijos. Me quedé totalmente quieta, calculando la perpendicularidad de aquel animal para averiguar si... Sí, efectivamente, la sangre era suya, estaba sangrando.

No sé qué explicación había a aquello,

porque el hecho, el verdadero hecho, era que yo no entendía nada de lo que estaba pasando, y me encontraba además sola y perdida.

Volví a mirar la tumba, esta vez con más detenimiento. Pero, ¿qué buscaba? Jamás habría podido entender lo que había allí esculpido: las letras casi no podían leerse, y el latín, porque hasta ahí sí que llegaba, por mucho que fuese la madre de nuestras lenguas, a mí me sonaba a chino. Las rosas sí, las rosas se habían conservado mejor y mostraban un relieve limpio, vaya, las rosas y... unos relieves que parecían una armadura con una espada.

De repente, noté un dolor agudo en la marca del cuello, como si me hubiesen clavado un alfiler. No hubo tiempo para nada más..., un aullido intenso, largo y pavoroso me heló la sangre. Al girarme, estuve a punto de caer sin sentido, pues en la misma puerta del templo había, enorme y amenazador, un lobo que me enseñaba los colmillos babosos mientras me clavaba una mirada llena de odio.

He dicho «odio» y... no sé muy bien por qué me vino esa palabra a la cabeza, pero fue así. He pensado muchas veces en aquellos momentos, y siempre he tenido la misma sensación: aquellos ojos proyectaban un odio humano, no era la mirada hambrienta de los animales, ni la ferocidad que pueden transmitir, no, era una mirada que se te metía muy dentro y te atravesaba.

En ese momento, el ave descendió entre graznidos escalofriantes y se interpuso entre el lobo y yo. ¿Puedo decir que no me sorprendió demasiado? Hacía rato que el ave se comportaba de una manera distinta a como lo hacen las aves. Traté de huir, pero la única salida era la puerta principal, o sea que, instintivamente, retrocedí hasta el altar. El lobo avanzaba, el ave intentaba detenerlo volando a su alrededor y tratando de picarle, pero la lucha era desigual.

En condiciones normales, quizá habría sido mi final, pero aquéllas no eran condiciones normales ni parecía que lo que me estaba pasando lo fuera, porque... cuando mi corazón casi se había quedado paralizado por el pánico y estaba a punto de desfallecer, la espada de piedra que, esculpida, destacaba en relieve sobre la tumba, se convirtió en una espada de las de verdad y resbaló a mis pies empujada por una fuerza desconocida. La cogí, claro está, la agarré sorprendida y atemorizada, y en ese momento sucedió... Bueno, ya sé que os costará creerlo, a mí me pasó lo mismo, pero lo cierto es que al poner las dos manos en la empuñadura, noté que me transformaba por dentro, como si mi cuerpo fuese ocupado por una fuerza nueva y poderosa, como si me llenase de arriba abajo de un líquido repleto de energía.

Lo que vino después ya fue más fácil, pues, llena de aquella mágica fuerza, ataqué a la fiera con una intensidad imposible para mi cuerpo y mi juicio.

La lucha fue breve y, hay que decirlo, fácil. El lobo se lanzó hacia mí, pero un primer mandoble lo hirió. Enseguida se recuperó y atacó de nuevo, ahora de una manera brutal y desesperada, tan desesperada que murió en el intento de saltar hacia mí, atravesado por la espada. Entonces, un aullido truncado y doliente llenó la ermita. El lobo, herido de muerte, se arrastró hacia la puerta en los últimos estertores, intentando una imposible huida. Finalmente, cayó inmóvil, muerto.

Respiré aliviada mientras miraba el cuerpo de aquel animal. Al momento noté que volvía a mi estado normal. Aquella fuerza que me había ocupado en la lucha huyó de mí y la espada se me cayó de las manos y regresó a su lugar para ser de nuevo piedra.

Y… no habrían pasado ni veinte segundos cuando el cuerpo del lobo se transformó en humo, se convirtió en una especie de niebla densa, espesa, azulada, que a medida que se iba elevando se disipaba hasta desaparecer.

Todo quedó como antes, el ave agitó las alas e inició un vuelo circular lanzando chillidos ruidosos y estridentes sobre aquel lugar.

Yo, boquiabierta, sin saber si correr o llorar o dar saltitos de alegría, me dirigí al exterior lentamente.

No podía comprender lo que acababa de pasarme. Me rodeaba un mundo irreal y mágico, lleno de sucesos extraños. No podría decir si estaba asustada o completamente desconcertada. Las emociones se amontonaban en mi interior formando una mezcla difícil de interpretar.

Me senté al lado de los esquís, me notaba algo mareada, había perdido también la noción del tiempo. En aquellos momentos, debían de haber pasado unas dos horas desde la pérdida de contacto con el grupo, como supe más tarde. Por algún motivo, me llevé la mano al cuello y...

—¡No tengo la marca! ¡Ha desaparecido!

Volvía a tener la piel del cuello lisa y suave, como había sido siempre, aunque no le di demasiada importancia al hecho. Realmente, después de lo que había pasado, ¿podía tenerla?

De repente, escuché el ruido de un motor y me resultó familiar, vaya, familiar y tranquilizador; era una moto de nieve. Me levanté e hice señas con las manos. El motorista me vio y enseguida puso rumbo a la ermita.

Era Alfonso, con una cara de susto que tumbaba.

—¿Dónde estabas? ¿Qué te ha pasado? ¿Cómo has llegado hasta aquí? —decía gritando y agarrándome por los hombros.

No llegué a contestar ninguna de las preguntas, pues el estado de excitación y de nerviosismo de Alfonso era increíble. Sólo quería saber si me encontraba bien, si tenía alguna herida y si había pasado miedo.

¡¿Que si había pasado miedo?! ¡Ésa era

otra! ¿Cómo iba a explicar lo que me había pasado? ¿Alguien iba a creerme?

Rápidamente informó de que me había encontrado y parece que todo el mundo se puso la mar de contento.

(¡Ay! Un poco importante sí que me sentí.)

Yo intentaba explicar que:

—Me he salido en una curva y…

—¡Monta, monta!

—He intentado volver a la pista, pero los esquís…

—¡Agárrate bien!

—He resbalado varias veces y he llegado…

—¡Vamos!

Era inútil. Alfonso acababa de salir de un *shock*, el de haber perdido a una alumna, un hecho que… debe de resultar bastante fuerte, y ahora respiraba tranquilo y satisfecho, ¡tiempo habría para explicar cómo me había perdido!

Diez o doce minutos después, llegábamos

al repecho que nos servía de punto de encuentro. ¡Qué escena se produjo entonces!

Fue un recibimiento digno de una estrella. Especialmente espectacular fue el de Mari Eli y Macu: gritaban, gesticulaban, me tocaban (para comprobar aquello que llaman la integridad física), volvían a gritar, se echaban las manos a la cabeza, medio lloraban, me hacían preguntas (las mismas que Alfonso no me había dejado contestar), se lamentaban de lo que podría haberme pasado, exclamaciones del tipo «¡ay, Señor!» (abundantes), iban, volvían, se hacían cruces, daban las gracias a Alfonso... Un cuadro para recordar durante mucho tiempo y que duró unos veinte minutos.

El resto de los compañeros no fueron tan exagerados y, por fin, pude contar cómo me había perdido.

Mis amigas, todo hay que decirlo, parece que habían estado de lo más preocupadas. Claro, ellas sabían cosas que los demás no, y...

—¡No os vais a creer lo que me ha pasado! —les dije al oído.

Andrea, Rosario y Amalia abrieron unos ojos descomunales que pedían que se lo explicase inmediatamente (en realidad son los ojos de las curiosas, pero amplificados, son unos ojos que vienen a ser una mezcla entre los de un mochuelo, que ya es decir, y los de un gato siguiendo un cursillo de visión nocturna).

—¡Luego, luego! —dije, llevándome un dedo a los labios para pedirles discreción.

—¡Ven, ven y descansa, que no te tendrás en pie! —me dijo Mari Eli.

—¿Quieres que te pida una tacita de tila? —añadió Macu.

La mañana, claro, se había terminado, y nos fuimos a comer tras el protocolario cambio de botas (del que me pude librar porque, como dije que tenía una pierna dolorida, fuimos a ver a la doctora).

Hay que decir que el regreso al mundo real lo hice algo aturdida. No tenía la sensación clara de todo lo que había visto y hecho, porque era algo tan grande que me superaba por completo. Llegué a pensar que quizá todo había sido un sueño.

Cuando el jaleo disminuyó, que fue en el comedor (donde nos sentamos después de que los ingleses llevasen a cabo su habitual asalto del bufé libre, un comportamiento que se ve que les manda su religión), pude explicar a mis amigas, con cuidado de que nadie se enterase, lo que me había pasado. Incluso para ellas resultó difícil de creer. La ausencia de mi marca era el único hecho visible de cuanto les contaba.

Pero... todo cuadraba. Tan pronto como pudimos, le pedimos a Macu que nos dejara subir a la habitación. Fue fácil estando yo: tenía que descansar.

Entramos, nos aseguramos de que la puerta quedaba bien cerrada, y sólo entonces sacamos el sobre de donde lo habíamos escondido y lo vaciamos sobre la cama.

Evidentemente, aquel viaje estaba marcado para nosotras con el signo de la sorpresa, porque el contenido del sobre había cambiado. Una de las plumas había desaparecido y la mancha de sangre... era mucho más pequeña.

Vaya, si por lo menos se hubiese tratado sólo de la desaparición de una pluma, podríamos habernos convencido de que se había perdido, pero la mancha era una prueba evidente de que todo aquel asunto estaba activo.

Así, las cosas (lo que me había pasado a mí aquella mañana) tomaban cuerpo y adquirían todo su valor. Lo volví a explicar, ahora con más detalles, muchos más, especialmente a partir del momento de la aparición del lobo. Ellas flipaban. Ya habían flipado bastante en el comedor, pero ahora era demasiado, porque estábamos metidas hasta las cejas en aquella misteriosa lucha.

Aquella tarde no esquié. No me encontraba con ánimos de pisar nieve, o sea que me quedé a pie de pistas, sentada en una butaca. Ellas..., ellas sí que subieron, pero tan pronto como Mari Eli y Macu fueron a coger los remontadores para irse con sus grupos, se vinieron conmigo.

Allí nos quedamos un rato en silencio, con la mirada perdida. Los pensamientos iban y venían incrédulos con lo que nos estaba pasando.

Pero estaba claro que aquellas hojas no eran una broma. Éramos instrumentos del pasado, de un pasado que había permanecido abierto a la espera del tiempo y que ahora tenía que cerrarse, parecía que de forma definitiva. Y nosotras éramos las claves de ese cierre.

Andrea retomó su papel directivo para animar un poco el asunto.

—Bueno, ¡no os quejaréis del viajecito a la nieve! ¡Esto no hay dinero que lo pague!

—¡Andrea! —protestó Amalia.

—¿Qué queréis? Todo está saliendo bien,

y el maleficio o la traición o lo que sea está desapareciendo, ¿o no?

—Mujer...

—Igual hasta nos dan un premio y todo, quién sabe.

—¿Un premio? ¿Y quién nos va a dar un premio?

—La gente para quien trabajamos.

(Habréis observado la facilidad de Andrea para apuntarse al plural, porque ella no llevaba ninguna marca ni había vivido nada de toda esta historia.)

—¿Trabajamos para alguien?

—Es evidente que sí. Hay alguien que nos necesita y nosotras le estamos ayudando, ¿o es que lo que ha hecho María no es una cosa de mérito?

(Ahí sí que había dado en el clavo, las cosas como son. No, no te rías, que es la verdad.)

—Mirándolo así...

—Es que hay que mirarlo así.

—Tengo mucho miedo —dijo Rosario—.

Ya sé lo que le ha pasado a María, y ahora me pasará a mí.

—¿Por qué? Con no ir a la ermita, todo arreglado.

—No sé...

—¿Cómo que no sabes? ¿Dónde están las tumbas?

—Pero, ¿y si hubiera más en otro sitio?

—Sí, mujer, ¡ahora va a estar el Pirineo lleno de tumbas medievales!

—Además..., y si no me pasa como a María y... Yo creo que se lo tendríamos que explicar a Mari Eli o a Macu.

—Pero..., ¿cómo se te ocurre decir algo así, ahora que estamos metidas en el jaleo? Piensa que de esa manera dejaríamos las cosas sin terminar y entonces los espíritus de los traicionados quizá te perseguirían eternamente, y jamás podrías volver a dormir tranquila. ¿No lo entiendes?

Estas últimas palabras fueron un golpe bajo: la posibilidad de pasarse el resto de la vida atemorizada por fantasmas la hizo estremecerse.

—Ya..., yo, es que...

—No te preocupes, Rosario, somos tus amigas y te ayudaremos. No vas a quedarte sola ni un momento, ¡pero es que ni un momento! Si tiene que pasar..., nos pillará juntas. Ahora ya lo sabemos.

¡Lo que son las cosas! Andrea era a veces odiosa, otras, insoportable y otras cosas más, pero había momentos en que sabía transmitirte ánimos y apoyarte, y entonces era una gran persona. Quizá era el tono que empleaba, la manera de decirlo, el convencimiento en el que te hacía entrar. Eso sí, ya sabéis que esos momentos eran de lo más escasos.

De esta manera se nos pasó la tarde. Claro que las tardes de febrero no son muy largas, y casi sin darnos cuenta llegó la hora del cambio de botas y de dejar los esquís en el batiburrillo del charco.

Llegada al hotel, tarjeta de la habitación, comprobación de los papeles del sobre, ninguna novedad, ducha, vestirse, sofá de la sala de estar, y enseguida hora de cenar.

La cena, perfecta, repetición del programa con los ingleses (desde el segundo día, saludábamos a los nuestros: William y James, buenos chicos) y con el *maître* (¡lo educado y simpático que era aquel hombre!).

—¡Discoteca hasta la una!

Congratulaciones generalizadas, jaleo del grupo, aplausos. (Dos pelotas gritaron: «¡Viva Mari Eli y Macu!», pero no fueron secundados. Todo tiene un límite, y aquello ya era pasarse dos pueblos.)

Nosotras, sin prisas, bajamos a la discoteca. Quedarse en la sala no tenía demasiado sentido, y subir a la habitación…, tampoco. Eso sí, nos fuimos directamente a un sofá y allí nos apalancamos.

En circunstancias normales, habría resultado muy raro que nosotras pasásemos toda una noche de discoteca en el sofá (vamos a dejarlo claro, nosotras no es que fuésemos gogós, pero bailar, bailábamos), aunque mi aventura de la mañana era motivo suficiente para justificar el hecho, e incluso continuamente venía gente a verme y a preguntarme cómo estaba. En realidad, claro, nuestra angustia era por motivos más horribles, que se agrandaban al tenerlos que mantener en secreto.

Mari Eli y Macu (en su papel de estar siempre siempre alerta y vigilantes) estuvieron un buen rato con nosotras comentando la caída, y la pérdida, y…

—¡Tú fíjate lo que habría podido pasarte!

«Si ellas supiesen», pensé.

—¡Es que tenéis que ir con cuatro ojos!

Y nosotras, que sí, que iríamos con esos cuatro ojos.

La pista de baile hervía, la música llenaba todos los rincones y las luces de colores de los focos se movían mezclando los colores, todo el conjunto daba un efecto de locura. Lo que son las cosas, nunca me había fijado en la de ruido que puede rodearte en una discoteca.

—¡Venga, venga! ¡Todo el mundo a bailar! —gritaban los animadores.

Pero todo tiene un fin, y aunque aquella noche se nos hizo más larga, pues también se acabó.

Ahora bien, cuando Mari Eli y Macu dijeron que para arriba, no costó demasiado que las obedeciésemos, pues el cansancio empezaba a pesar en las piernas y teníamos ganas de meternos en la cama. Un cuarto de hora más tarde, ya no se oían voces en las habitaciones, y el acto protocolario de recogida de tarjetas fue un visto y no visto.

Antes de acostarnos, echamos una ojeada al sobre: nada nuevo.

Nos dormimos, yo tardé un poco más y quizá Rosario tampoco lo consiguió enseguida. Quería no pensar, quería pasar por encima, olvidar, no intentar comprender, pero… no era fácil. Aquellos ojos del lobo, el ave, la espada, la lucha, la desaparición en una nube de humo de aquel animal… ¡Lo que me había pasado era muy fuerte! Podría muy bien haberme muerto de miedo, ya lo creo.

Oí los primeros ronquidos de Amalia y…, ya no recuerdo nada más. El cansancio del más extraordinario día de mi vida, finalmente, me pasó factura.

4
Cuarto día

El despertar del cuarto día fue explosivo: Rosario había desaparecido.

Nos dimos cuenta al despertarnos. La puerta de la terraza estaba abierta y unas pequeñas manchas de sangre en el suelo marcaban una especie de rastro.

¿He dicho que fue un despertar explosivo? Quizá me he quedado corta.

—¿Cómo que Rosario ha desaparecido? —gritaron Mari Eli y Macu.

Primero fueron gritos de incredulidad, de que era imposible, de que debía haber una explicación lógica y comprensible.

Y luego vino la angustia, la horrorosa sensación de pánico que puede invadir el ánimo de quien es responsable de unos chicos y chicas y que encuentra inexplicablemente que falta una.

El personal del hotel se movilizó enseguida, y en cuestión de media hora, habían registrado el edificio de arriba abajo sin encontrar ni rastro de Rosario.

Las manchas de sangre de la habitación y de la terraza desconcertaron a los guardias de seguridad, aunque hay que decir que más que desconcertarles les hicieron temer alguna desgracia, porque... estábamos en el segundo piso, y contando la entrada del hotel y un semisótano, la terraza se convertía en un cuarto piso, lo que le daba una altura total de unos quince metros.

La situación hacía que nuestra decisión inicial de no decir nada del contenido del sobre fuera abandonada. Yo creía conocer el origen de aquella sangre, y ya no podíamos callar más tiempo.

Claro que... ¿cómo hacer creer a unos adultos serios una historia como aquélla?

Todavía me parece estar viendo las caras del auditorio reunido en nuestra habitación, es decir: Mari Eli y Macu (elemental, ¿verdad?), el director del hotel, los dos guardias de seguridad y el jefe de la policía local de Puigcerdà, al que habían llamado rápidamente, cuando decidimos (Andrea celebró una reunión inmediata basada en tres o cuatro miradas a Amalia y a mí) explicar qué era lo que estaba pasando. Si no hubiese estado por medio lo de Rosario, me habría desternillado de la risa. Mari Eli estuvo a punto, pero a punto, de perder el conocimiento; Macu se puso blanquita como la propia nieve; las dos se quedaron mudas, y yo creo, que quede entre nosotros, que envejecieron como mínimo siete u ocho meses de golpe.

Lo que contábamos (Andrea tuvo el detalle de dejarme explicar algunas cosas) no entraba dentro de lo creíble, lo sabíamos, pero el sobre y sus hojas se convertían en pruebas, observadas, palpadas y minuciosamente analizadas.

Además, estaban las marcas, de las que éramos testigos muchas personas: las propias Mari Eli y Macu, Alfonso, la doctora, los encargados del telesilla de dos, nuestros compañeros...

—¿Pero cómo no habéis dicho antes nada de todo esto? —dijo el jefe de policía.

—Es que...

—¿Es que...?

—Pensábamos que si desvelábamos el secreto, los espíritus de los traicionados nos perseguirían toda la vida, y nos despertarían por las noches, y...

—Ya, ya... ¿Os perseguirían, decís?

—Vaya..., sí.

Una cuestión iba quedando clara. En toda la historia la ermita aparecía como un lugar de atracción, un centro sagrado o algo por el estilo. Resultaba posible pensar que, aunque nadie pudiera explicar cómo, Rosario habría ido a parar allí, y más cuando el relato hablaba de dos tumbas.

—De eso estás segura, ¿no? —me decía el jefe de policía.

—Sí, sí, eran dos.

Una breve conferencia del grupo de adultos llegó a la conclusión de que había que ir a la ermita y averiguar qué había de cierto en todo aquel galimatías.

En cuestión de quince minutos, estaban a punto las cinco motos de nieve, y partimos sin más esperas. Andrea se tuvo que quedar, pese a haber hecho todos los esfuerzos posibles para venir y ser testigo de primera mano, pero no había sitio. Los conductores eran obligados: Alfonso era uno de ellos, Mari Eli y Macu sin comentarios, con el jefe de policía y el director de la estación tampoco había discusión, y conmigo, todavía menos.

Yo monté en la moto de Alfonso, ya que éramos las dos últimas personas que habíamos estado en la ermita. Salimos los primeros, seguidos de cerca por el resto.

La cara de Mari Eli y la de Macu no habían experimentado ninguna alteración. Se mantenían en una especie de estado cataléptico que sólo las dejaba gemir de vez en cuando.

El viaje me pareció mucho más largo que el del día anterior, aunque al ser al revés podía dar esta sensación.

Al llegar, dejamos las motos a una distancia prudencial, unos cincuenta o sesenta metros, para acercarnos sin hacer ruido y poder escuchar, si es que se había de escuchar algún ruido.

Lentamente, como quien pisa huevos, nos aproximamos y, lentamente también, nos asomamos a la puerta para mirar al interior. Nos recibió el silencio más absoluto. La ermita estaba como el día anterior, iluminada por los rayos del sol que, oblicuos, atravesaban las ventanas huérfanas de cristal. De nuevo me embelesó aquella iglesia. Fue sólo un instante, porque la situación no era la apropiada, y Rosario no estaba allí dentro.

—¡Nadie, absolutamente nadie!

Nos fuimos acercando al altar. Las tumbas estaban en el mismo sitio, la espada que el día anterior me había salvado la vida también, las manchas de sangre, supuestamente del ave, se habían ennegrecido al secarse, pero continuaban allí. Yo lo hice notar porque... se trataba del único detalle de mi historia que podía comprobarse.

—Aquí no tenemos nada que hacer, quizá si buscamos por los alrededores... —dijo el director de la estación.

—Sí, será lo mejor. Vamos.

Cuando todos y todas salíamos, Alfonso hizo un descubrimiento.

—Oye, María, ¿perdiste ayer un guante?

—No —contesté—. ¿Por qué?

—Pues porque aquí hay uno.

—¡A ver!

—Cógelo —dijo, lanzándomelo.

—¡Es de Rosario! ¡Es de Rosario! —dije, en cuanto lo tuve en las manos.

Un escalofrío me recorrió todo el cuerpo, parece que a Mari Eli y a Macu también, y quizá a los demás, porque se acercaron todos a la vez a verlo. Efectivamente, el guante era de Rosario, y estaba intacto.

Fuera, no había ni rastro del ave, y eso que escudriñamos todos los árboles que nos rodeaban. Por no haber, no había ni huellas, nada. Si no fuese por aquel guante, habríamos pensado que nadie había estado antes allí.

Y el caso es que el guante nos metía aún más profundamente en el misterio de la desaparición, porque... ¿era una pista? Sí, no se podía decir lo contrario, pero era una pista aislada que nos llenaba todavía más de preocupación. Si había estado allí..., ¿dónde estaba ahora? ¿Qué le había pasado?

Por primera vez, empecé a tener miedo. Hasta entonces, había estado convencida de que Rosario habría pasado una prueba parecida a la mía, estremecedora, sí, pero de solución rápida y satisfactoria, pero cabía la posibilidad de que..., vaya, de que no le hubiese ido bien.

El jefe de la policía local no paraba de hablar por el móvil, y como consecuencia de las llamadas, no tardamos en ver un par de helicópteros que iniciaron la búsqueda por las montañas nevadas.

Mi actitud, que hasta entonces había sido de cierta seguridad, se desmoronaba por momentos. Quizá no habíamos hecho bien callando y conservando el mensaje sólo para nosotras, sobre todo después de lo que me había pasado a mí. Quizá si lo hubiésemos explicado, Rosario estaría ahora con nosotras.

La angustia, mi vieja compañera, regresó y se instaló en mí.

No podíamos hacer nada más que volver y esperar.

Toda la estación se había movilizado: monitores, personal de las pistas, el resto de los maestros, todos los que eran capaces de moverse bien con unos esquís colaboraban, mirando y registrando rincones y barrancos.

Pero... Rosario no aparecía.

Mis compañeros de clase estaban cada vez más agitados, con una gran sensación de intranquilidad. Siete u ocho se encontraban por las pistas buscando también, el resto estaba en la terraza de la cafetería, sentados o paseando. Todo el mundo miraba hacia las pistas esperando que hubiese noticias de un momento a otro. Hablar, no se hablaba mucho.

Estando así, se me ocurrió que, bueno, si cuando desapareció el lobo, desapareció también la pluma y la mancha de sangre se hizo más pequeña... Habría que ver cómo estaba el contenido del sobre, porque igual, igual arrojaba alguna luz.

Se lo dije a Mari Eli y a Macu, y las tres

juntas, al jefe de policía y al director de la estación. No teníamos nada que perder, o sea que nos fuimos directas a la habitación.

Habíamos vuelto a dejar el sobre en el mismo sitio, en el armario, y... allí estaba, efectivamente. Lo abrimos, pero todo estaba igual: la hoja con la mancha de sangre, la del dibujo de la rosa, el mensaje y la pluma. Desengañados, volvimos a guardar todo en el armario.

Al llegar a recepción, llamaron al jefe de policía. Era la confirmación de que la sangre de las manchas que habíamos encontrado en la terraza no era humana, cosa que nos tranquilizó un poco. Yo ya me había imaginado que tenía que ser del ave, cosa que tampoco nos indicaba nada sobre Rosario.

Me senté en un butacón de la enorme sala de estar del hotel. Enseguida dejé la mente en blanco, me sentía cansada. Las emociones fuertes siempre me han agotado, y desde hacía unos días, mi vida daba tumbos entre sustos y pánicos que no me dejaban parar ni un segundo.

Seguramente me habría dormido con facilidad, pero no lo hice. Al contrario, me llamó mucho la atención un hombre mayor, muy mayor, un viejecito que, como yo, se sentaba en un sofá, no muy lejos de donde yo estaba. No lo había visto en todos los días que llevábamos en el hotel, cosa que no era nada extraña teniendo en cuenta la cantidad de personas que llenábamos las habitaciones.

Debí de cruzar dos miradas con él. Para mí fueron eso, miradas fugaces, miradas en las que yo, instintivamente, apartaba los ojos. Pero noté que la suya era fija, que la podía encontrar, insistente, cada vez que la buscaba. Era un rostro amable, acogedor, con una sonrisa serena que parecía dibujada.

Hubo un momento en que incluso me sentí algo molesta y turbada, con una sensación como la de estar en un escaparate. ¿Quién sería aquel hombre?

De repente, se levantó y, pasito a paso, se fue acercando a mi butacón. No supe qué hacer, o sea que me quedé quieta. Cuando estuvo ante mí, se detuvo, ensanchó aún más su sonrisa y me puso la mano en el hombro mientras asentía con la cabeza, como quien da las gracias. Luego, con lentitud propia de su edad, sacó una bolsita de cuero y me hizo cogerla con ambas manos.

—Es para ti, María —me dijo con voz cálida y amistosa.

Y, pasito a paso, tal como había venido, se fue hacia la entrada del hotel.

Tardé unos segundos en reaccionar. ¿Cómo conocía mi nombre? Enseguida entendí que aquel abuelo tenía que estar relacionado con lo que nos estaba pasando. Así que corrí a preguntarle, buscándolo por recepción, por las escaleras que subían a los pisos, por los ascensores, por la puerta exterior..., pero, nada, era como si se lo hubiese tragado la tierra. No estaba.

Abrí la bolsita. Dentro, había una pieza de hierro redondeada de aspecto tosco y viejo, que parecía ser un medallón o un broche. En el centro, se adivinaba un dibujo, casi no se veía, pero sí, era un dibujo que representaba una especie de pájaro.

«¡El ave!», pensé.

Unos instantes de duda sí que hubo, pero no era cuestión de liarla todavía más, o sea que enseguida me fui a buscar a Mari Eli y la puse al corriente del último suceso. Mari Eli fue a buscar a Macu, y las dos al jefe de policía y al director de la estación. La cadena completa. Ya todos juntos, les expliqué lo que había pasado y les enseñé la pieza que, como os podréis imaginar, fue observada con mucha atención.

El dibujo del ave se vio corroborado, y además descubrimos otros. Bajo el ave se podía ver una fila de cinco estrellas muy pequeñas. La última era más grande, casi el doble que las demás, y la segunda de las estrellas era roja.

—Evidentemente, se trata de una pieza relacionada con el caso —comentó el jefe de policía.

—Tendríamos que avisar a un experto en temas medievales —dijo el director de la estación.

—Podría ser una pista —añadió Macu.

—O una especie de mensaje —continuó Mari Eli.

—Me lo podré quedar, ¿no?

—Cómo vas a quedártela, María, si... —gritó Macu.

—Al contrario —intervino el jefe de policía—, sería conveniente que la llevase siempre encima. Todo parece indicar que este medallón, o lo que sea, es una especie de agradecimiento, de pago por su acción de la ermita. No lo tengo muy claro, pero creo que no puede hacerle ningún daño, y sí, en cambio, podría protegerla o ayudarla. En cualquier caso, no lo pierdas, y ya veremos qué pasa.

—Me cuesta creer todo lo que está ocurriendo, ¡pero mucho, mucho! —dijo Macu.

Yo me colgué el medallón del cuello. Era una manera segura de llevarlo sin miedo de perderlo, que bastante me conocía yo.

Hacia el mediodía, todo continuaba igual.

Mari Eli y Macu dudaban entre avisar a los padres de Rosario o esperar a que llegasen noticias de los grupos que la estaban buscando. Mari Eli y Macu envejecían por momentos, agitadas, agotadas, con el ánimo por los suelos. El jefe de policía aconsejó comunicarlo a la familia.

—Siempre es conveniente, por muy duro que resulte.

Andrea y Amalia estaban a mi lado, y a aquellas alturas no me dejaban sola ni un momento (Amalia sí, Amalia era una persona muy sensible y estaba preocupada de verdad, pero Andrea, ¿qué queréis que os diga? Yo creo que Andrea estaba en su salsa, chupando cámara, que para ella era un estado perfecto. No quiero decir que no sintiese la desaparición de Rosario, eso no, pero...)

Y, lo que son las cosas, fue la misma Andrea quien...

—¡¡María, María!!

Fue un grito que me hizo dar un salto, porque me lo dio en el oído, mientras miraba el medallón.

—¡La estrella, la estrella! ¡¡Ha cambiado!!

—¿Qué es lo que ha cambiado?

—¿No lo ves? Antes era la segunda estrella la que era roja, ¡¡y ahora es la tercera!!

Era cierto, todo el mundo lo tuvo que reconocer, la posición del color había variado.

—Qué cosas, no ganamos para sustos. ¿Qué querrá decir esto?

—Podría estar indicándonos una dirección. A lo mejor es una especie de brújula.

—Sí, podría ser una dirección y una brújula, pero lo cierto es que hasta que no llegue el experto que he pedido a la Universidad no haremos nada. Estamos perdidos en un laberinto y el tiempo corre en nuestra contra.

—Escucha, María —dijo de repente Amalia—, ¿desde cuándo tienes el medallón?

—Amalia, qué cosas dices, desde que me lo ha dado el abuelo que...

—No, quiero decir desde hace cuánto tiempo exactamente.

—Ah, pues hará... una hora, a ver..., sí, una hora.

—Lo digo porque igual es un reloj.

—¡¡¡Síiii!!! Podría ser, podría ser, eso sería posible, ya lo creo —dijo el jefe de policía—, pero, en ese caso..., resultaría posible comprobarlo, porque ahora va por la tercera estrella y todavía quedan dos. Si la suposición de esta niña...

—Amalia —corrigió ella misma.

—Pues si la suposición de Amalia es cierta, veremos el próximo cambio dentro de cincuenta minutos aproximadamente.

—Sí, pero, ¿eso qué puede querer decir? —preguntó el director.

—¡Hombre, amigo mío! Esto ya es otra cosa.

—Si se trata de un reloj…, quedan dos horas para que llegue a la estrella grande, y parece que ahí se acaba la historia.

—¿Qué pasará entonces? —preguntó Macu con un hilillo de voz.

—Sinceramente, no lo sé.

Realmente, la madeja parecía bien enredada, no se podía decir lo contrario.

Nos centramos en la observación y vigilancia del medallón. Había que ver si, pasado un tiempo, quizá cincuenta minutos, se alteraba el color de las estrellas. Tarea tediosa, sí, pero por desgracia necesaria.

Yo no paraba de darle vueltas al hecho de que hubiese aparecido uno de los guantes de Rosario en la ermita y, si os he de decir la verdad, no tenía claro si aquello era buena señal o no.

Hubo un momento en que todo el grupo, el nuestro, estuvo reunido en el salón del hotel, todos y todas comprendíamos que nos encontrábamos en un aprieto y nos asustaba la ausencia de Rosario. Pensativos, silenciosos, anormalmente quietos, ocupábamos los sofás y el resto de los asientos.

Finalmente, se acercó el instante en que, según nuestras suposiciones, la estrella del medallón tenía que cambiar.

—Si ha de pasar, debe de estar a punto —dijo el jefe de policía.

Una docena de ojos fijó la mirada en aquel extraño pedazo de hierro, esperando cualquier cosa. Y... aunque cueste creer, pasó, la penúltima estrella se volvió roja y la anterior perdió el color. No fue de golpe, fue cuestión de unos segundos, seis o siete, pero sí, ahora había quedado claro que se trataba de un reloj que marcaba un tiempo y que sólo quedaba un período por recorrer. Claro que..., ¿qué indicaban aquellos tiempos?

Decepcionada, porque, además de cambiar la estrella, yo esperaba que pasase algo más, me fui con Amalia a una de las ventanas del salón. Nevaba, no gran cosa, pero nevaba. Ya hacía rato que me había olvidado de la nieve, y ahora me volvía a encontrar con ella. El cielo era gris, cargado de una niebla espesa, indefinida, sin matices. Las dos nos quedamos mirando al exterior. Era una mirada perdida, sin ninguna finalidad, mirar por mirar, nuestro pensamiento no estaba con el paisaje.

De repente, nos dio un vuelco el corazón. ¡¡El ave!! Estaba posada en una rama de uno de los árboles que rodeaban el hotel. Le dije a Amalia que trajese enseguida al jefe de policía y a los demás.

Cuando estuvimos todos juntos, les señalé dónde se encontraba.

—Es un cuervo grande, muy grande, creo que nunca había visto ninguno de ese tamaño, pero… ¿cómo sabes que ésa es tu ave? —dijo el jefe de policía.

—Lo sé, ¡estoy segura!

—Salgamos y acerquémonos, sin correr, para no asustarla.

El ave no hizo gesto de emprender el vuelo, nos dejó llegar hasta donde estaba.

—¡Mirad, mirad la sangre!

—Bajo la rama, se podían ver algunas manchas rojas, e incluso, si te fijabas, podías distinguir la caída de alguna gota.

—¡Está herida!

—Sí, ya os lo dije ayer, esta sangre es la que había en la tumba de la ermita.

—María, ¿recuerdas de memoria el texto de la hoja?

—Ssssí, creo que sí.

—¿Qué dice de la sangre?

—A ver, sí, dice que: «Espíritus blancos y limpios que, al recibir el signo de Arnaldo, lavarán con sangre la memoria de los traicionados...»

—¿Podría ser ésta la sangre de la que habla?

—Podría, sí, pero… ¿y Rosario?

El ave, inmensa y negra, nos miraba con ojos fijos. El único movimiento perceptible era su respiración, bueno, la respiración y el goteo de la sangre. Di dos pasos hacia ella, no le tenía miedo, al fin y al cabo me había demostrado su protección. Cuando me tuvo debajo, levantó el vuelo, de una manera cansina, como si fuese un esfuerzo añadido, y entonces sucedió algo que nos puso la piel de gallina, pues de sus garras cayó… el otro guante de Rosario.

El cuervo, con un graznido roto, fue trazando círculos por encima de nuestras cabezas; poco a poco, ganó altura y fue a perderse por entre las nubes grises.

Cogimos el guante; estaba manchado de sangre, con regueros por todas partes. No era nada extraordinario, teniendo en cuenta que el ave estaba herida, pero… ¿qué quería decir aquello?

He de confesar que, en aquel momento,

se me cayó el mundo encima, porque interpreté que el guante era una especie de resto de Rosario, una especie de recuerdo póstumo, y yo... yo no podía aceptarlo de ninguna manera. La impresión me hizo prorrumpir en un llanto nervioso.

Mari Eli y Macu parece que lo entendieron como yo, y cayeron también en un mar de lágrimas.

El jefe de policía y el director miraban y volvían a mirar el guante. Era el único elemento de que disponían en aquel caso, vaya, el guante y el medallón, pero los dos juntos nos decían bien poca cosa.

Sobre las dos de la tarde, llegó al hotel un hombre que se presentó como Emilio Tibau.

—Profesor Emilio Tibau, medievalista de la Universidad de Gerona.

Era un hombre pequeño, con una perilla muy cuidada, casi totalmente calvo, ojos negros, nariz menuda, lo justo para poder sostener unas gafas de lentes rectangulares, muy serio. Vestía con una gran elegancia, o por lo menos, ésa fue la impresión que me produjo. Fue directo al grano.

—Explíquenme todo lo que ha pasado.

El jefe de policía vio el cielo abierto.

—¡Por fin! Llega usted en un momento delicado.

Tardamos un cuarto de hora largo en poner al corriente al profesor.

Él no hablaba, no decía nada, escuchaba. Asentía, miraba, observaba, leyó con detenimiento el mensaje y la hoja original, palpó con mucha atención el medallón, se levantó y paseó pensativo por la sala... hasta que:

—¡La leyenda era cierta! —dijo sensiblemente sorprendido.

Lo dijo como si nosotros, todo el grupo de investigadores, no estuviésemos allí escuchándole, hablaba en voz alta pero como si hablase para sí mismo.

—Así que... se va a cumplir, ¡no puedo creérmelo!

Nosotros nos mirábamos algo enfadados, porque, hombre, también podía decirnos de qué estaba hablando.

De golpe se detuvo y…

—¡Ah!, perdonen —dijo, como si volviese a la realidad—, parece que me he distraído leyendo y…

—Profesor Emilio, ¿puede ayudarnos? —dijo Macu con una voz marcada por su estado nervioso.

—No lo sé, de verdad que no lo sé. ¿Hace mucho que han visto el cuervo por última vez?

—No, ha levantado el vuelo hará cosa de media hora, poco antes de que usted llegase.

—¿Han visto si todavía sangraba?

—¡Sssssí! —contestamos a coro.

Vaya, aquel hombre sabía muchas más cosas de las que le habíamos contado, porque… nadie había mencionado lo de la sangre del ave (y eso que Andrea había participado en la narración, como seguro ya os habréis imaginado). Esto me produjo una sensación de tranquilidad como la que tienes cuando vas en coche y confías en el conductor; parecía conocer el tema, de una manera oscura, pero estaba claro que sabía de qué se trataba.

—Dentro de unos diez minutos, la estrella mayor cambiará de color, y entonces tendría que haber una señal —dijo.

Lo dijo con una gran seguridad, como quien lo da por hecho. Aquel hombre, o era una especie de sabio, o estaba loco.

Enseguida se puso a caminar con las manos a la espalda y la cabeza hundida entre los hombros. Iba y venía, gesticulaba, hablaba, se paraba de golpe, seguía... (Según este comportamiento, iba ganando peso la segunda de las posibilidades que os acabo de citar.)

En un determinado momento sacó una bolsita del bolsillo, de ella salieron una pipa y tabaco. Maquinalmente, hizo todas las operaciones para preparársela y la encendió sin dudarlo. Una neblina de humo le rodeó, y continuó andando, ahora algo más relajado, con movimientos más plácidos, como si la pipa le otorgase una confianza nueva.

—¡Veamos! —dijo, pasados los diez minutos.

Nos congregamos de nuevo alrededor del supuesto medallón, esperando algún tipo de milagro, algo que nos diese un poco de luz y que nos llevase hacia Rosario.

El tiempo se alargó, como pasa a veces, cuando los segundos parecen estirarse, como si de golpe se hubiesen vuelto de goma o de chicle.

Pero… las cosas, si han de ser, finalmente llegan. Efectivamente, ante nuestros ojos ansiosos se produjo de nuevo el suceso. Poco a poco, la estrella roja fue perdiendo el color y, poco a poco, también se coloreó la última, la grande. Nos miramos, todos y todas esperábamos que ocurriese… ¿Qué?

Pasados dos o tres minutos, o quizá fueron cuatro, empezamos a perder la confianza. El profesor Tibau se quedó inmóvil, quieto, expectante. Había tomado el medallón con la mano derecha y lo apretaba con fuerza. Parecía que escuchase sonidos lejanos y que a duras penas los pudiese oír; daba la sensación de que percibiese a través del medallón algo que nosotros no entendíamos. (Mi tío Fernando, que es cazador, habría dicho que se había quedado levantando la presa, pero supongo que éste no es momento para el comentario.)

A continuación, dio dos caladas largas a la pipa, se dirigió hacia uno de los ventanales y... Le faltarían dos metros para llegar, cuando vimos cómo el ave, el enorme cuervo de nuestra historia, se estrellaba contra los cristales, los rompía y caía dentro del salón del hotel con un estrépito ensordecedor.

Confusión, gritos, susto, carreras...

—¿Qué ha pasado? ¿Qué ha sido eso? —gritaba todo el mundo.

En el suelo, entre cristales y plumas ensangrentadas, estaba, efectivamente, el ave muerta.

El ruido y los gritos atrajeron a un montón de curiosos, que en esos momentos volvían de comer, y se armó la gorda. Los empleados del hotel y el propio director a duras penas podían mantener una especie de círculo alrededor del animal. Sorpresa, preguntas, comentarios.... Tardaron casi veinte minutos en normalizar la situación.

El profesor recogió el ave con una sábana que le trajo un camarero y, dirigiéndose a nosotras, ordenó:

—¡Vengan, vamos a la habitación de estas chicas!

Al llegar, dejó el ave cerca de la terraza, envuelta en la sábana, y nos pidió que le entregásemos el sobre. Con mucho cuidado, sacó las hojas, y luego, lo volcó sobre la cama de Rosario.

—¿No está la pluma? —dije yo.

—No, María —me contestó—. La pluma ha vuelto a su amo —pronunció en tono solemne, señalando al cuervo.

Nadie dijo nada, nos miramos, eso sí, nos miramos boquiabiertos, como quien no entiende nada de nada.

A continuación, nos enseñó la hoja donde estaba la mancha de sangre. Era mucho más pequeña, y su color había perdido intensidad.

—Parece que las cosas van funcionando, pero... ¡No está resultando fácil! —dijo, dirigiéndose a todos nosotros.

Dos caladas de la incombustible pipa nublaron la habitación.

—Mire, profesor, yo..., qué quiere que le diga, yo no entiendo absolutamente nada, si fuese usted tan amable de ponernos al corriente... —dijo el director, mientras buscaba las miradas de todos nosotros para pedirnos que le respaldásemos.

—Todo a su debido tiempo, todo a su

debido tiempo, estas cosas necesitan su tiempo, pueden creerme. En principio, no tienen por qué alarmarse por el guante ensangrentado. Yo diría que es señal de que todo funciona.

—¿Síiii?

Dos caladas más. Humo, mucho humo.

—A ver, a ver —dijo—, a lo mejor...

Se acercó a la puerta de la pequeña terraza sin dejar de hablar solo y todavía gesticulando, como quien hace cuentas.

Otra calada, ahora larga.

Nosotros parecíamos un coro de bobos silenciosos, lo seguíamos con la mirada, esperábamos que hablase... Si aquello era un ejemplo de lo que hace un profesor de Universidad, me estaba resultando desesperante.

—¡Señor director! —dijo de repente.

—Diga, diga.

—¿Queda muy lejos la ermita de la Virgen del Rosario?

—Pues..., no, vaya, cosa de cinco o seis kilómetros, pero el camino ya casi no existe. ¿Conoce la ermita?

—No, pero si no me equivoco, quizá la chica que buscamos... Rosario, ¿no?

—¡¡Sí, Rosario!! —saltaron Mari Eli y Macu, reaccionando de golpe.

—Pues... debe de estar allí.

—¡¡¡Vaya!!! ¿Y cómo lo sabe?

—Es un poco largo de contar, ahora lo que hace falta es llegar allí cuanto antes. ¿Cómo se puede ir?

—Con los trineos motorizados yo creo que se podrá llegar, aunque hace mucho tiempo que no he ido por allí; en cualquier caso, lo tendremos que intentar, porque este tiempo no es el más apropiado para el helicóptero.

—Sea como sea, tenemos que llegar lo más pronto posible.

—Pero, pero... —suplicaban Mari Eli y Macu corriendo tras el profesor.

—Ya hablaremos, señoras, ya hablaremos, ahora tenemos que apresurarnos.

Entre el director y el jefe de policía movilizaron todos los trineos de la estación. En un abrir y cerrar de ojos se organizó un convoy motorizado para salir en dirección a la ermita, montando, eso sí, un estrépito motero de los que le gustan a mi hermano Ignacio.

Asomados a las ventanas de las habitaciones, la lista completa de los clientes del hotel observaba con atención todos los detalles de la escena.

Todavía nevaba, la visibilidad era escasa, el cielo seguía gris.

—María, ponte el medallón, en ti puede hacer algún efecto, y ven con nosotros, ¡quién sabe si nos servirás de ayuda!

Antes de salir, Mari Eli y Macu reunieron al resto de los alumnos para decirles que se hiciesen cargo de la situación, que se comportasen mientras ellas no estaban y que todo iría bien.

¿Miedo?

Noooooo, yo creo que en aquellos momentos no sentí miedo. Ayudó mucho el hecho de ver que al final éramos un grupo bastante numeroso, y además, la presencia de los monitores me daba cierta confianza, las cosas como son.

Iniciamos un ascenso difícil. Se notaba que la pista por la que íbamos estaba en desuso desde hacía mucho tiempo, y era estrecha, muy estrecha, diría yo, y empinada, también mucho. Hubo sitios en que casi quedaba el espacio justo para que pasasen los trineos y..., si mirabas hacia abajo, que era que sí, pues no acababas de ver el fondo del barranco. Los monitores, muy en su papel, aceleraban sin miedo, haciendo de la expedición una aventura todavía más peligrosa de lo que ya era de por sí.

En dos ocasiones, tuvimos que detenernos para retirar de en medio piedras y troncos caídos sobre la pista.

El viaje, claro, se hizo largo. Yo no quería preguntar para no parecer pesada, ya bastante trabajo tenía Fabián, que era como se llamaba el monitor que llevaba mi trineo, como para que encima le fuesen dando la tabarra.

(Alfonso, el monitor de verdad, el de esquí, también venía con nosotros, pero en otra moto. Traté de montar con él, pero las cosas se precipitaron y...)

Finalmente, por entre aquel bosque lleno de niebla y de copos de nieve, llegamos a una especie de claro y, enfrente, en un roquedal, apareció la ermita de la Virgen del Rosario. Era muy parecida a la mía (quiero decir, a la de mi historia, a ver si nos aclaramos), pequeña, románica también (Jaime habría disfrutado como un niño, pero a mí el románico se me empezaba a atragantar, no os lo digo por nada, pero es que...), con un aire mucho más misterioso y tétrico porque estaba envuelta por el vaho

de la niebla, y como soplaba un vientecillo débil, aparecía y desaparecía entre velos húmedos.

Dejamos los vehículos a una cierta distancia para acercarnos a pie, sin hacer ruido, tal como nos mandó el profesor Emilio.

De cerca, se veía deteriorada, la hiedra había tomado posesión de sus paredes, y las grietas de los muros le daban un aspecto herido. Me sorprendió el hecho de que la campana todavía estuviese en su sitio.

Llegamos a la puerta, que no estaba, o sea que atravesamos el umbral y entramos. Sin la luz del sol, el interior era más bien oscuro. Si hubiese ido sola, no sé si me habría atrevido a entrar.

En el altar principal, que estaba en ruinas, había vigas carcomidas, y el resto de la estructura del techo y todo el conjunto producían la sensación de una desolación antigua, de una fría soledad.

El profesor nos indicó que nos detuviésemos mientras, lentamente, se acercaba a la parte posterior del altar.

—Aquí está —dijo.

—¡¿¡¿¡Rosario!?!?! —no pudieron contener el grito Mari Eli y Macu.

—No, la tumba del barón de la Encina, uno de los traicionados.

—Pero... ¿y Rosario?

—Tranquilas, poco a poco.

Mientras regresaba hacia donde nos habíamos detenido, encendió de nuevo la pipa, y al llegar ya venía rodeado de humo (realmente, aquel hombre parecía haberse entrenado a fondo en lo de encender la pipa, nunca podría decirse lo contrario).

—María —me llamó—. ¿Puedes enseñarme el medallón, por favor?

«Por favor» en un momento como aquél, ¡no veas!

—Sí, claro.

Me lo quité del cuello, donde lo llevaba colgado para no perderlo, y se lo di.

—Vaya —dijo mientras soltaba una nube de humo que me hizo toser y todo—, creo que al final hemos llegado justo a tiempo.

—Cómo que hemos llegado justo a tiempo, ¿a tiempo de qué? —preguntó Macu.

No hubo ninguna respuesta, miró con una atención enfermiza el medallón y se volvió a quedar al acecho. Aquel hombre ponía nervioso a cualquiera. ¿O no?

De repente, dijo:

—Vengan todos, ¡deprisa!

Nadie lo dudó, claro, o sea que todos apretamos a correr hacia donde iba el profesor, es decir, hacia unas grandes piedras que había a unos quince o veinte metros de la ermita. Allí nos hizo tumbarnos y nos indicó que callásemos.

—Silencio, ¡ni un ruido! ¡Cuidado! —nos dijo.

Pasaron veinte segundos, quizá veinticinco, no lo sé con exactitud, el caso es que después de ese tiempo escuchamos el relincho de un caballo, unos segundos más y, al acercarse, oímos los bufidos y las pisadas amortiguadas por efecto de la nieve.

—¿Eso es un caballo? —dijo un monitor.

—¡Chissst! —ordenó el profesor—. Podríamos echarlo todo a perder, hombre de Dios.

Pero... la curiosidad, el miedo, la preocupación o la incertidumbre, cada cual sabía qué le llenaba el pensamiento en aquella historia, hizo que poco a poco fuésemos levantando las cabezas para averiguar lo que estaba sucediendo.

Y sí, era un caballo, un caballo que llevaba a la grupa un jinete tétrico, con una vestimenta medieval harapienta, raída, apolillada. Un fantasma del pasado.

Se situó en el centro del claro del bosque, enfrente de la iglesia. La lanza apoyada en el suelo, el yelmo tapándole la cara, la espada colgando en su vaina. El conjunto presentaba un aspecto fiero. Entonces, alzó el escudo para ponerlo en posición.

—¡Dios mío! —dijo el profesor mientras se le caía la pipa de entre los dientes y rodaba por el suelo.

Fue sólo eso, un «¡Dios mío!», porque a continuación se aflojó el nudo de la corbata, en un intento de respirar mejor, y se dejó caer lentamente para sentarse en una de las piedras que llenaban aquel rincón, mientras los ojos, desorbitados, pregonaban el espanto o quizá la sorpresa.

Todos y todas vimos en aquella reacción un motivo de alarma.

—¡Profesor! —le decíamos, agarrándole por las solapas de la chaqueta y sacudiéndole—, ¿qué es?, ¿qué pasa?, ¿y Rosario?

El profesor nos hacía signos con las manos para pedirnos tranquilidad, que le dejásemos unos momentos, que nos lo explicaría en cuanto pudiese, pero... no hubo tiempo para explicaciones, de repente, escuchamos una voz potente que gritaba.

—Encina, ¿qué querías? ¡Aquí estoy!

Y una carcajada gruesa y despectiva rompió el aire gélido de aquel paraje.

Nosotros, todo el grupo (los monitores alucinaban por un tubo, los pobres), nos quedamos pasmados, quietos, expectantes (como el profesor Tibau, que no acababa de rehacerse).

—¡Mi madre! —dijo alguien.

El caballo relinchó de nuevo, como si se uniese a la llamada de su amo.

Y entonces sucedió que, justo de detrás del árbol del lado opuesto a donde estábamos, de entre la más densa espesura del bosque, salió un caballero que, caminando lentamente llegó hasta la puerta de la ermita y allí se detuvo, de cara al jinete. Su vestimenta y su aspecto eran acordes con los del primer caballero. El yelmo, medio abierto, no dejaba entrever ningún rasgo de la cara. Además estábamos demasiado lejos para poder vislumbrar todos esos detalles.

En un momento determinado, giró el escudo lo suficiente como para darnos cuenta de que tenía dibujado un árbol.

—¡El barón de la Encina! No puedo creer lo que estoy viendo, ¡no puedo! —decía el profesor (nosotros sí, nosotros ya hacía rato que nos lo creíamos todo).

Entonces, el caballero de a pie gritó:

—Pendiente tienes una deuda. ¡Lucha!

Con estas palabras, se giró hacia la iglesia para, arrodillado, persignarse. Luego, se bajó del todo la visera del yelmo, desenvainó la espada y... avanzó hacia el jinete.

Vaya, yo..., si hubiera sido en una película, pues bueno, aquello habría sido una escena de las del final, cuando el bueno y el malo luchan por el honor o por la dama y aquí se acaba la cuestión, pero, tíos..., aquello me estaba pasando a mí, y ¡mira que era gordo, lo que me pasaba! Si lo pensaba bien, debía de ser una pesadilla, y si no lo pensaba..., si no lo pensaba, era un espectáculo al mismo tiempo terrible y fascinante.

¿El frío?

No sé, quizá la sangre se nos había detenido y ya no nos dábamos cuenta de nada.

El jinete puso su lanza en posición de ataque y..., espoleando el caballo, inició un trote que casi de inmediato se convirtió en galope. El caballero de a pie se puso en guardia para resistir la embestida.

El choque produjo un ruido metálico, algo apagado, como de chatarra oxidada.

El caballero de a pie cayó al suelo, aunque se levantó enseguida. El otro, el jinete, volvió a la carga, y de nuevo hubo un choque, aunque esta vez fue favorable al barón de la Encina, y el jinete cayó sobre la nieve; incluso oímos crujir las piezas de la armadura al chocar contra el suelo.

Se inició entonces una lucha más igualada: las espadas golpeaban con fuerza los escudos una y otra vez en un intercambio frenético; el ruido chillón del acero contrastaba con el apagado de los escudos.

Finalmente, el barón, en una de las acometidas de su oponente, cayó de espaldas y quedó maltrecho. Hubo unos momentos de duda, sólo unos momentos, porque su enemigo alzó la espada para clavársela.

Pero no pudo llegar a hacerlo, porque en ese momento el profesor lanzó un grito que nos pilló por sorpresa a todos los que, ya sin demasiadas precauciones, mirábamos boquiabiertos el combate.

—¡¡¡¡Noooooooo!!!!! ¡¡¡¡Noooooooo!!!!!

Y gritando de esta manera, saltó desde nuestro escondite para correr hacia los caballeros sin dejar de gritar su «¡¡¡¡noooooooo!!!!!».

Los caballeros, parece que algo sorprendidos (que ya tocaba que nosotros sorprendiésemos a alguien en aquella historia), se detuvieron para mirar a aquel extraño ser que se les echaba encima gritando (extraño era, y más vestido con ropa de otro siglo).

Cuando estaba a pocos metros, arrojó el medallón contra el jinete y..., cuando le acertó, oímos primero un horrible grito, y al instante una llama alta, intensa y amarilla rodeó aquella figura y la hizo desaparecer sin dejar rastro, y digo sin dejar rastro porque también, sin darnos cuenta, perdimos de vista al caballo.

El barón de la Encina se incorporó lentamente y, sin levantarse el yelmo, hizo una salutación al profesor. Entonces la espada que tanto había usado se le escapó de las manos y, misteriosamente, también el escudo y las viejas ropas que le cubrían. Al perderlo todo, lo que quedó fue... ¡¡Rosario!!

Un poco turbada, eso sí, vaya..., un poco no, muy turbada.

—¿Dónde estoy? ¿Qué ha pas...?

Una exclamación sonora salió del grupo, una exclamación que se hizo grito (principio de una larga serie de ellos), y corrimos a abrazarla.

—¿Dónde has estado?, ¿cómo estás?, ¿te encuentras bien?, ¿qué te duele?

Pero Rosario no nos escuchaba, sus ojos desorbitados indicaban que estaba saliendo a duras penas de una alucinación o de un mareo. Tuvieron que llevarla entre dos monitores hasta donde habíamos dejado los trineos, porque ella sola no habría podido.

Le miré el cuello y… la marca de la rosa había desaparecido, como me había pasado a mí.

Las preguntas continuaron, pero Mari Eli y Macu, entre desfallecidas y presas de un delirante estado nervioso, querían saber de primera mano todo cuanto había sucedido y no podían esperar. Era algo más fuerte que ellas, no había remedio.

Fue volviendo en sí poco a poco, y cuando por fin volvió a ser ella, pudo recordar todo lo sucedido, aunque con muchas lagunas y espacios de oscuridad. No supo explicar cómo había llegado hasta la ermita, y de su salida del hotel tampoco guardaba una consciencia concreta. Recordaba, como una nebulosa confusa, la lucha entre el ave y un extraño caballero medieval, lucha que se produjo porque el ave quería protegerla y el caballero la hirió y, aun así, el ave logró ponerlo en fuga. Poca cosa más.

—La ermita, sí, a la ermita he llegado hace poco. Antes habíamos estado en otra, y alguien arrojó mi guante y habló de un duelo. Ah, y un anciano me ha dado esto —dijo, descolgándose del cuello un medallón.

Me acerqué a mirarlo y... era idéntico al mío. ¿Quizá el viejecito era el mismo?

Se inició el camino de vuelta. Ya no nevaba, el cielo se había despejado un poco y un tímido sol de tarde iluminaba el bosque con rayos dorados y una pincelada de rosa. El frío, sin embargo, persistía, y si te quedabas quieta, te helabas.

La llegada al hotel fue ruidosa y vocinglera: preguntas, acompañamiento, felicitaciones y muchos abrazos. Se acababa la pesadilla y todo el mundo podía respirar tranquilo.

Quedaban, sin embargo, un montón de cosas por aclarar. Teníamos que encontrar sentido a todo aquel lío en el que nos habíamos visto metidos casi desde nuestra llegada.

Así estábamos cuando el profesor Tibau, ya más calmado, nos pidió que nos reuniésemos en nuestra habitación.

Comprendimos que él era la única persona que podía arrojar alguna luz sobre la historia, o sea que no preguntamos más.

Al llegar, pudimos comprobar que el sobre había desaparecido, y del ave, de aquella misteriosa y enorme ave, no había señal. No quedaba ningún indicio de lo que había sucedido, y desde aquel momento, todo entraba en el recuerdo, vaya, todo menos el medallón de Rosario, que era el único resto físico de aquella aventura mágica.

Nos sentamos en las camas y en las dos sillas de la estancia. El profesor sacó la bolsita de tabaco y, en un instante, se metió en su particular nube de humo. Entonces, se preparó para hablar:

—Se preguntarán ustedes —dijo— qué es lo que ha pasado. Creo que tienen todo el derecho a saber lo que yo sé, que, desgraciadamente, no es gran cosa. Verán, en el siglo X estas tierras estaban en guerra con Al-Andalus. Esto no es ninguna noticia, claro. En realidad, guerra, lo que se dice guerra, tampoco era. Había un enfrentamiento abierto pero no una guerra diaria, claro. Las luchas internas de los condados eran todavía más feroces. Eran luchas frecuentes, llenas de alianzas y de deserciones, nada era perenne y nadie podía confiarse ni un solo momento. Condes, barones, caballeros..., todos estaban en la misma madeja, tratando de ser los más fuertes, de imponer su espada sobre las de los demás. Malos tiempos para todo el mundo. Hubo un momento en el que el conde Arnaldo, hombre de gran corazón y de una valentía fuera de lo común, estableció una justicia firme y segura. Sus tierras disfrutaron entonces de años de relativo bienestar que las enriquecieron al tiempo que él se hacía más fuerte. Demasiado bonito para un mundo duro lleno de ojos codiciosos. Antes de morir sin descendencia, legó el feudo a dos nobles de confianza para que continuasen su labor. Todo indica que se trataba del barón de la Encina y del caballero Lucas de la Cerdaña. Y ambos caballeros acudieron al llamamiento del conde de Barcelona para entrar en campaña contra los sarracenos. Pero, por el camino, cayeron en una emboscada y fueron cruelmente asesinados. Esto es lo que dice la leyenda que se creó y que parece que se llegó a escribir, una leyenda nacida casi inmediatamente después de sus muertes y que ha circulado sin parar a lo largo de los siglos hasta convertirse en un elemento clásico en el estudio medieval de estas tierras. Nunca se sabrá con seguridad quién la alimentó durante los primeros años, pero...

siempre he creído que los monjes de un pequeño monasterio, hoy perdido, que el conde Arnaldo hizo construir en algún rincón de su feudo, le dieron el eco que se merecía y alentaron con escritos su memoria. El resto, ya lo conocen, de alguna manera unos poderes más fuertes de lo que yo pensaba han permanecido vivos a lo largo de los años. El escrito que llegó hasta vosotras es prueba de ello. ¿Podéis decir que ha sido brujería? No lo sé, lo que sé es que esta leyenda me ha interesado siempre de forma casi obsesiva, nunca he sabido por qué, pero ahora pienso que quizá mi presencia aquí no ha sido una casualidad, ¿quién sabe? En cualquier caso, creo que hoy se ha cerrado definitivamente. Les puedo asegurar que me he quitado un peso de encima.

—¿Qué quiere decir con eso? —preguntó el jefe de policía.

—Pues… creo que ya no importa decirlo. Seguramente se habrán extrañado de que en un momento determinado haya perdido un tanto la compostura, bueno, un tanto no, la he perdido por completo.

—Hombre, la situación era...

—No, no. Todo estaba sucediendo tal como tenía que suceder, pero... al ver el escudo de armas del jinete...

—¿El escudo de armas?

—Sí, ¡esas armas eran las de los Tibau!

—¿Las armas de los Tib...?

—¡Las mías propias, las de mi linaje!

—¿Y...?

—Les he dicho que esta leyenda me ha obsesionado a lo largo de mi vida, ¿no es así?

—Siiiií, pero...

—El jinete que iba a matar al barón de la Encina era un antepasado mío, desgraciadamente uno de los traidores de la emboscada. Comprenderán que tenía que cerrar de una vez por todas aquella herida del pasado, dejar que los espíritus descansasen y que el ave no volviese a volar.

—¡Vaya! —dijimos.

—¿Y el ave?

—No lo tengo demasiado claro, pero yo creo que se trataba de una especie de guardián de la leyenda, una fuerza que simbolizaba la justicia o el bien.

—Todo esto cuesta de entender. De no haber visto lo que he visto, aseguraría que está usted loco, pero... ¿Qué tienen que ver en esta historia nuestras amigas Rosario y María?

(Aquélla, aquélla era la pregunta clave de la película, porque... ¡poca cosa decía aquel papel!)

—Son «los espíritus limpios de tierras hermanas». Formaba parte del escrito, lo recordarán. No lo tenía claro hasta que he averiguado que la ermita donde apareció el lobo, que por cierto debió de ser el otro traidor, otro caballero que en la leyenda se llamaba Benito de la Roca, está dedicada a la Virgen María.

—Ya…, sí, aunque…

—Creo que a estas chicas sus nombres les han gastado una jugarreta. Rosario y María han sido los nombres esperados, los nombres que han encendido la llama de la justicia, sí, los de las ermitas donde están enterrados los traicionados. Los medallones…, quizá se metieron por medio unos poderes que desconozco, pero que han sido los conductores de la historia, eso está claro.

—¿Qué cree usted que hacía el guante de Rosario en la primera ermita, la de María?

—Lo ignoro completamente. Ella ha hablado de un duelo, es muy posible que el reto se produjese allí, y por ese motivo encontraron el guante, no sé.

—He de confesarle —dijo el jefe de policía— que cuando encontramos el guante pensamos lo peor.

—Sí, sí, era lógico pensarlo, ya lo creo. Y opino que el ave, llevando el otro guante, quería traernos una especie de mensaje, o de señal, quizá. Lo cierto es que han estado metidas en una historia muy oscura.

—Ahora, en frío, pienso que usted le ha salvado la vida a Rosario —dijo Macu.

—No lo tengo claro del todo. Yo sabía que el medallón era un instrumento de poder, pero he de reconocer que se lo tiré por impotencia, porque no podía hacer nada más, desconocía su efecto.

—Y, ahora que lo dice..., ¿y el anciano?

—El anciano no puede ser otro que el propio conde Arnaldo, sólo así tiene sentido su presencia.

—Y así, según usted, ¿todo se ha acabado?

—Quiero pensar que sí. Los traicionados han sido vengados, de una forma extraña y fantasmal, pero por fin vengados, y las palabras del escrito se han cumplido.

Todo había terminado. Rosario, recuperada ya de su tétrica aventura, y acompañada por todos nosotros, volvía a ser ella misma.

Andrea había estado hecha un saco de nervios desde que salimos en los trineos hacia la ermita y ella no había podido venir, o sea que, en compensación, se había autonombrado protectora de nuestra seguridad y se desvivía por que no nos molestasen (en realidad era su forma de chupar cámara, pero esto que quede entre nosotros).

—No seáis pesados —decía a los compañeros que nos querían ver—. ¿No entendéis que están cansadas? ¡Cómo sois!

El caso es que aquella aterradora historia parecía haber llegado a su fin y había quedado en un reducido círculo de personas sin trascender al mundo de la prensa, con lo que Rosario y yo podríamos mantenernos lejos de entrevistas y quebraderos de cabeza siempre molestos, aunque no sé si esto era bueno o todo lo contrario, quién sabe (todavía hoy no sé cómo Andrea pudo aguantarse para no llamar a cualquier periódico).

A los demás profesores y profesoras, me

refiero a los de los otros colegios, entre el director del hotel y el jefe de policía, les dieron una versión creíble de lo que había pasado. Creíble quiere decir que dejaron al margen aquello que no era comprensible por una mente lógica y cabal (que no tengo ni idea de cómo puede ser una versión de este tipo en un caso tan lleno de cosas fuera de lo normal).

Cuando regresásemos a casa, tendríamos que dar a todos los demás padres y madres de nuestro grupo una explicación detallada y cierta.

El profesor Emilio Tibau nos aseguró que llevaría a cabo investigaciones para aclarar lo que aún pudiera aclararse del caso, y que escribiría un informe serio para la Universidad.

—Por supuesto —dijo dirigiéndose a nosotras—, caso de surgir cualquier aspecto de interés, os lo comunicaría con mucho gusto.

El jefe de policía, en cambio, no veía nada

claro el informe oficial que tendría que redactar. Sin más pruebas que los testimonios orales, podían tomar a todo el grupo por locos.

Fueron Mari Eli y Macu, ayudadas por Alfonso, las encargadas de contar, como buenamente pudieron, al resto de nuestros compañeros lo que había pasado. Incluso el profesor Tibau las apoyó un poco en la explicación. Fue cuestión de media hora, en el salón de conferencias que ya conocíamos.

Entre una cosa y otra, cuando salimos del salón, ya eran las ocho de la tarde, y hacía rato que habían cerrado las pistas. El viaje a la nieve se había acabado. Desgraciadamente habíamos perdido un día entero, pero qué se le iba a hacer, al final por lo menos todo había salido bastante bien.

—Hombre —dijo Eloy—, aún nos queda la discoteca de esta noche, ¡más vale eso que nada!

No nos hizo demasiada gracia.

Había que devolver el material, un mal

momento, porque la cola para recogerlo, pues... era cola, no diremos lo contrario, pero la de devolverlo..., la de devolverlo era además una cola triste y penosa. Así, como si fuésemos una especie de ejército derrotado, nos dirigimos al sótano donde estaba nuestra jaula.

Y... a veces hay sorpresas, inesperadas como todas, pero que resultan incluso sarcásticas, ved si no.

Nada más entrar en el sótano, vimos que salía un grupo de trabajadores con monos azules, que nos hicieron el efecto de lampistas o herreros. Efectivamente, lo eran. Acababan de poner estanterías metálicas en todas las jaulas para poder dejar con comodidad los esquís y las botas.

—A partir de ahora —nos dijo el que los dirigía—, dará gusto dejar el material. No sé cómo no nos lo han encargado antes. ¡Ah! —añadió dirigiéndose a Mari Eli y a Macu—: ahora, cuando se lleven ustedes los esquís y las botas, nos avisan, que tenemos que poner dos tarimas de madera para evitar el charco que se forma siempre en esta jaula.

Seguro que en un determinado momento de vuestras vidas habéis notado como si una cosa extraña os quemase por dentro, y en ese momento, podríais, sin ninguna duda, matar y asesinar. Después de varios días de chapotear en el agua tropezando entre un montón de botas mojadas y de esquís resbaladizos..., ahora le daban solución, y además, una solución de lo más fácil.

No dijimos nada, y eso que podríamos haber soltado alguna palabra malsonante y fea, muy fea. (Ellas... llegaron a farfullarla entre dientes, aunque de forma ininteligible.)

Pero no, se ve que aquello no podía terminar de esta forma tan deprimente, porque cuando empezábamos a retirar nuestro material, se presentó el director del hotel con el jefe de la escuela de esquí.

—A ver, un momento, por favor.

Nos quedamos quietos y algo nerviosos: ¿qué habríamos hecho?

—Queremos deciros que sentimos mucho que hayáis perdido un día de esquí por las causas que todos conocemos.

Bueno, aquello estaba muy bien, la verdad sólo tiene un camino. Sí, habíamos perdido un día de esquí, eso ya no tenía remedio.

—No podemos devolveros el día, pero…

Nos miró a todos y, con una sonrisa de complicidad, añadió:

—Hemos decidido iluminar una pista y dejárosla toda la noche. ¿Creéis que lo podréis resistir?

¿Una pista iluminada para nosotros y toda la noche?

El sótano, aquel gran sótano húmedo y lleno de jaulas, fue testigo de un estallido de alegría desbordante que salía ufana después de un día lleno de incertidumbre, de miedo y de inquietud. Si había una medicina posible…, ciertamente era aquélla, y así hubo saltos de dos palmos, y el jaleo y los vítores desbordaron cualquier previsión.

Media hora después, estábamos sentados en el recibidor del hotel esperando para entrar a cenar. Los ingleses también estaban. Lo que son las cosas, ese último día no me parecieron tan ingleses. Quiero decir que ya no nos resultaban extraños, ya formaban parte del viaje, del ambiente y de... nosotros mismos. Incluso nuestros dos amigos vinieron a preguntar por nosotras y... Nazaret y Nuria volvieron a hacer de intérpretes. (Unas intérpretes de alta calidad porque se hacían entender, parece ser que a la perfección, empleando únicamente aquello de «*gurmonning*» y «*zenquiu*», que eran su único bagaje lingüístico personal. El resto era una especie de *spaninglish* de fabricación propia. ¡Imaginaos si llegan a saber inglés!)

Cenamos maravillosamente. Parecía que acabásemos de llegar al hotel. Estábamos terminando cuando entraron en el comedor

Alfonso y dos monitores más. Venían ya con ropa de trabajo, cosa que nos gustó muchísimo.

—A ver —dijeron—, ¿unos chicos y unas chicas que van a hacer un curso de mochuelos esquiadores?

Ni nuestras *profes* intentaron detener la estampida. Tenía que pasar, nada podía parar aquel momento. Como máximo, y a duras penas, lograron retenernos unos instantes para el recuento protocolario. Y..., sí, éramos treinta y ocho, ningún problema.

Una flipada, quizá de las mayores de nuestras vidas, una flipada que no se podría explicar, las cosas como son.

¡El telesilla (de cuatro) para un grupo que en total era de cuarenta y tres personas, contando a los monitores! Una pista larga, ancha, inmensa, con unos focos que hacían brillar la nieve como si fuese de cristal, como si esquiásemos por encima de un montón de piedrecillas relucientes.

Las diferencias entre debutantes y no debutantes se derogaron y los descensos a placer se sucedieron hasta que perdimos la cuenta.

Aquella noche seguramente no aprendí nada nuevo, no lo recuerdo, lo que sí hice fue disfrutar de la nieve esquiando, dando vueltas y más vueltas, cayendo, levantándome, rodando… Creo que a los demás les pasó lo mismo; incluso noté que Mari Eli y Macu habían recuperado su estado natural y resbalaban por la nieve sueltas y tranquilas.

Pero todo se acaba, y aquella noche mágica también terminó sobre las tres de la madrugada, cuando llegaron las máquinas para trabajar en la pista y dejarla a punto para el nuevo día.

Nos quedaban unas pocas horas para dormir, pocas, porque teníamos previsto salir a las diez de la mañana, después del desayuno. No costó mucho dormir. Así se cerró un día muy largo, un día que se había presentado mal, que nos había angustiado a lo largo de sus horas, hasta que, pasado el mediodía, pudimos recuperar la calma. Cuando pensaba en todo lo que había pasado..., un escalofrío me recorría el cuerpo, y se me ponía la carne de gallina.

Cerré los ojos. Rosario, Andrea y Amalia estaban a mi lado, cada una en su cama, un montón de imágenes pasó ante mí como una película reciente y viva. Fue cosa de unos minutos; luego, las imágenes se confundieron en una especie de torbellino, y el sueño se me llevó.

5
Quinto día

El despertar no fue agradable. Abrir los ojos y darse cuenta de que era el día del regreso…, pues no era para ponerse a cantar.

Hacer la maleta en medio de una mezcla infernal de ropa, zapatos, calcetines y bolsas… resultaba una tarea poco menos que imposible. De nuevo salió a relucir nuestra convivencia más propia y arraigada. Si escuchabas a través de las habitaciones (cosa que no se ha de hacer porque resulta de muy mala educación), podías oír conversaciones amables, amistosas, fraternales…

—Paula, ¿sales o no del baño? Tengo que lavarme los dientes.

—Saldré cuando me dé la gana, que anoche tú bien que estuviste un cuarto de hora mientras yo esperaba fuera.

—Greta, ¿por qué no te metes este lío de ropa en la maleta y me dejas sitio?

—¿Eres imbécil?

—¡Imbécil lo serás tú!

—¿Quieres ver cómo te la tiro por la ventana?

—¡Oh! ¡Qué valiente!

—Sabina, tus zapatos están en la ducha, ¿sabes?

—Ahora los recojo, ¿qué pasa?

Encima, por si la situación no era de por sí lo bastante mala y dura, Mari Eli y Macu iniciaron su tarea (tarea que dominaban por completo) de empujar al personal, más todavía el día que volvíamos y se tenía que cumplir el horario.

(Eso de hacer un viaje a la nieve tan corto es algo que me ataca los nervios, qué se le va a hacer. Las cosas que organizan los adultos a veces son irracionales, pero no se lo puedes decir porque tienen argumentos para todo y no se puede discutir. La razón es propiedad suya y sólo suya.)

A las nueve y cuarto, entre carreras, gritos, maldiciones y nervios, llegamos a la puerta del comedor. Los ingleses ya salían de desayunar y nos saludaron (bien mirado, eran de lo más simpático), especialmente los dos nuestros, de los que nos despedimos todo el grupo (Nuria y Nazaret se hicieron un poco las despistadas y, en un rincón que formaba la puerta de entrada al hotel, intercambiaron las direcciones con sus protegidos).

El *maître* (sin comentarios) nos deseó buenos días, y nosotros le correspondimos.

En el desayuno faltó la chispa que se supone que tiene que haber en un grupo como el nuestro, pero, qué queréis, era un momento triste.

—Atención todos y todas: antes de entregar la tarjeta de cada habitación, tenéis que echar un vistazo por si os habéis olvidado algo, que luego vienen los disgustos.

(¡Qué personas!)

El autocar. Ya no tenía remedio.

Operación de carga de los equipajes, lenta, costosa, pesada.

Salva le ponía un poco de alegría, pero nada...

—O me engañan los ojos o no parecéis muy contentos, ¿no os ha gustado?

«¡Vaya!, qué gracioso, el hombre», pensé.

Último adiós, una última mirada al hotel y... en marcha (por supuesto, después de un recuento de lujo, o sea, tres veces: 38, 38 y 38).

Mientras bajábamos por la carretera estrecha y empinada por la que hacía sólo unos días habíamos subido a la estación, mirábamos en relativo silencio aquel paisaje que nos había rodeado a lo largo de los últimos días.

Al girar a la derecha, instintivamente dirigí la mirada hacia lo alto, hacia donde, perdidas entre cimas y bosques, se alzaban los restos de las dos ermitas, y entonces, un escalofrío me sacudió el cuerpo. Pero, al mismo tiempo, me sentía contenta, alguien había confiado en nosotras para llevar la paz a unos espíritus que no la tenían y todo indicaba que lo habíamos conseguido. Un sentimiento de satisfacción me llenaba por dentro, un sentimiento como de haber hecho lo que se había de hacer, como de haber ayudado.

Llegamos a la carretera que nos llevaría hacia el túnel del Cadí.

En el interior del autocar, todo el mundo estaba mentalizado para el viaje, y enseguida se había creado el clima adecuado: auriculares, máquinas de marcianitos, revistas...

Micro de Macu:

—Ya sabéis que tenemos por delante muchos kilómetros, o sea que tomáoslo con calma. Dentro de un rato pondremos una película y luego os iremos pidiendo algún CD de música. Pero os tengo que decir una cosa, y quisiera que la tuvieseis muy en cuenta, por favor, no empecéis a preguntar cuánto falta para llegar, ya os lo iremos diciendo en las paradas que hagamos. ¿Lo habéis entendido bien?

Lo habíamos entendido perfectamente.

—Gracias.

Miré a Rosario, que estaba a mi lado. Observaba el paisaje pensativa. Quizá estaba pensando lo mismo que yo.

Y de repente..., me llamó la atención el medallón.

—Déjamelo un momento, por favor —le dije.

Ella se lo quitó, pasándoselo por la cabeza, y me lo dio.

—Si no hubiese sido porque el profesor me ha dicho que es una señal de agradecimiento..., quizá lo habría tirado. Me da un poco de miedo.

—Uno como éste seguramente te salvó la vida.

—Ya, eso me habéis contado. Era el tuyo.

—La verdad es que lo que nos ha pasado es increíble, Rosario.

—Yo... no sé demasiado bien lo que ha pasado, porque sólo recuerdo que me fui a dormir y cuando me desperté estaba mareada y os vi a todos vosotros. De lo que pasó en medio sólo tengo imágenes borrosas, y ruidos, muchos ruidos. Al despertarme, recordaba más cosas, pero me ha pasado como cuando sueñas, que luego se te borra poco a poco.

—¡Igual lo hemos soñado todo!

—¡Sí, mujer!

Una señal de la carretera indicaba que el túnel estaba a cuatro kilómetros.

Miré el medallón, era como el que me había dado el anciano, un poquito más pequeño, pero con los mismos dibujos y la misma forma.

—Va, Rosario, cuélgatelo —le dije.

—¿Tú crees?

—Yo lo llevaría, no creo que pueda hacerte ningún daño.

Lo miramos las dos, fueron unos instantes, los suficientes para que los corazones nos diesen un vuelco y nos quedásemos de piedra. Asustadas, nos cogimos las manos y…

En el medallón apareció un rostro, un rostro que nos miraba y que, además, nos habló, y sólo nosotras lo oímos. Era el rostro del anciano:

—María y Rosario —dijo—, habéis llevado la paz y la serenidad a nuestras almas y por ello os estaremos eternamente agradecidos. El cielo de nuestra tierra sagrada es libre por fin. Que Dios os acompañe por siempre.

Y, tal como había aparecido, se fue.

De repente, el propio medallón se esfumó, desapareció de nuestras manos, y con él perdimos el único vestigio de nuestra historia.

Rosario y yo nos quedamos mirándonos,

nadie en el autocar se había dado cuenta. La historia se había cerrado sola, como había surgido, como si hubiese querido no haber aparecido nunca.

Micro de Mari Eli:

—Vamos a entrar en el túnel del Cadí.

—Mari Eli, ¿falta mucho para Jijona? —comentó Carlos.

Autor:

Jaume Miquel Peidró nació en Xixona el 4 de diciembre de 1955. Estudió Magisterio y Geografía e Historia. Actualmente imparte clases en un colegio público de su localidad natal y combina su trabajo con su vocación de escritor. Está casado y es padre de dos hijos.

Ilustradora:

Núria Giralt nació en Barcelona en 1958. Obtuvo el graduado en Artes Aplicadas, concretamente en la especialidad de Pintura Mural, en la Llotja. Ha realizado numerosos trabajos de ilustración en novelas infantiles, libros de texto, revistas y fascículos.